Chaddanta

Die Freske des Narkissos

Doch wer dies alles leicht entbehrt,
Wonach der Thor nur strebt,
Und froh bei seinem eignen Herd
nur sich, nie Anderen lebt,
der ist's allein, der sagen kann:
Wohl mir, ich bin ein freier Mann!

Johann Aloys Blumauer

Für Portia

Chaddanta

Die Freske des Narkissos

Der vorliegende Roman ist eine Dystopie. Ähnlichkeiten mit lebenden oder verstorbenen Personen sind rein zufällig. Die Örtlichkeiten und Ereignisse sind ebenfalls frei erfunden.

ISBN 978-3-7482-9558-7 (Paperback)
ISBN 978-3-7482-9559-4 (Hardcover)
ISBN 978-3-7482-9560-0 (e-Book)

Ein Bekannter hatte mir vor Jahren eine eigenartige Begegnung geschildert. Er hatte sich beim Sport eine leichte Verletzung zugezogen und humpelte deshalb fast unmerklich. In diesen Tagen sprach ihn unvermittelt eine Nachbarin im Treppenhaus an und erkundigte sich nach seinem Befinden.

„Sie machen in letzter Zeit auf mich einen angeschlagenen Eindruck", sagte sie und sah ihm dabei mit ernstem Blick in die Augen.

„Das ist beim Squash passiert", erklärte er höflich.

Die Nachbarin ließ nicht locker.

„Solche Verletzungen muß man sehr ernst nehmen", mahnte sie in einem vorwurfsvollen Ton an. „Japanisches Heilpflanzenöl hilft, auch wenn es recht stark riecht."

„Ich habe schon eine entsprechende Salbe in meiner Hausapotheke. Die hat sich schon mehrfach bewährt. Trotzdem besten Dank für Ihre Anteilnahme!"

Das hätte wie ein Abschiedsgruß klingen sollen, aber die Frau war nicht abzuwimmeln. Es entspann sich ein langwieriger Dialog über Heilmethoden, neueste medizinische Befunde und am Ende gar über die „Pflicht, gesund zu sein". Am Ende gelang es meinem Bekannten, sich mit dem Versprechen, einen prominenten Heilpraktiker mit zwielichtigem Ruf aufzusuchen, von seiner Mitmieterin loszureißen. Das Ereignis beschäftigte ihn tagelang. Er war über sich selbst verärgert, da er private Daten, die eigentlich nur für seinen Hausarzt bestimmt waren, preisgegeben hatte. Außerdem konnte er in Erfahrung bringen, dass die Frau überhaupt keine medizinische Ausbildung hatte. Sinn und Motivation dieser spontanen Überrumpelung erschlossen sich ihm nicht.

„Paul, ich kann mir immer noch nicht erklären, was diese Frau eigentlich von mir wollte. Manchmal erlebt man bei älteren oder vereinsamten Personen, dass sie auf ungewöhnliche Weise Kontakt suchen. Aber in diesem Fall scheint mir dies unwahrscheinlich. Ihre Art war nicht plump oder unfreundlich. Tatsächlich begann ich mir erst am Abend Gedanken über den Vorfall zu machen."

Ich lächelte, und eine Weile sagte ich nichts.

„Es ist schwierig, aufgrund einer einzelnen Begegnung eine Persönlichkeit umfassend einzuordnen. Aber kannst Du Dich noch an die Erzählung *Narziss und Goldmund* entsinnen?"

Hermann Hesse war für mich während der Adoleszenz eine Art Kultautor. Vielleicht war es seine in sich gekehrte Weltsicht, welche mich in dieser Lebensphase so faszinierte. Jahrzehnte später kaufte ich eines seiner wenigen Bücher, die ich noch nicht gelesen hatte, als Urlaubslektüre. Der Roman interessierte mich nicht im geringsten. Ich kam über das erste Kapitel nicht hinaus und gab das Exemplar schließlich in einem Antiquariat in Kommission.

„Du meinst die Geschichte von dem Klostergelehrten Narziss, der die Welt rein rational verstehen will und dem Lebemann Goldmund, der die sinnliche Erfahrung sucht?"

„Ja, genau darauf will ich hinaus. Was man uns damals in der Schule verschwieg, war die Tatsache, dass der Protagonist Narziss im psychologischen Sinne kein Narzisst war. Das ist eine der Schwächen dieses Werks, welche mir erst spät bewußt wurde. Literarisch steht Narziss für einen gleichberechtigten Gegenpol zum prallen Leben. Eine wirklich narzisstische Person ist jedoch von Fall zu Fall mehr oder weniger gestört."

„Und was hat das alles mit meiner Nachbarin – Frau Mautz oder wie auch immer sie heißt – zu tun?"

Ich hatte den Bogen zu weit gespannt und vielleicht lag ich mit meiner Diagnose ohnehin völlig falsch.

„Nun, Du bist sicher gut beraten, um Frau Mautz – oder so ähnlich – einen großen Bogen zu machen. Und falls das nicht möglich sein sollte, dann erzähle ihr, dass du eine Koryphäe der Orthopädie zu Rate ziehen wirst."

„Und was soll das bewirken?"

„Das wird der mutmaßlichen Narzisstin den Wind aus den Segeln nehmen", versprach ich.

*

Lange Zeit hatte mich das Phänomen der narzisstischen Persönlichkeitsstörung nicht mehr interessiert. Hin und wieder diagnostizierte ich es in unterschiedlicher Ausprägung und in Verbindung mit anderen Symptomen bei Patienten. Bei Männern tritt es etwas häufiger auf als bei Frauen. Personen mit dieser Beeinträchtigung suchen sehr selten einen Therapeuten auf. Das liegt daran, dass es sich im eigentlichen Sinn um keine mentale Erkrankung handelt und der Betroffene unter der Störung selbst nicht leidet. Traumatische Erlebnisse und eine genetische Disposition sind die Wurzel des Problems, welches von den Bezugspersonen des Narzissten um so intensiver verspürt wird. Er unterscheidet sich in seiner Art, zu denken und zu fühlen, ganz wesentlich von anderen Menschen und weiß genau dies geschickt zu verbergen. Die Natur seiner Veranlagung liegt darin, dass er keinerlei – oder allenfalls sehr wenig – Empathie für seine Mitmenschen empfindet. Ohne ein Minimum von Anteilnahme gegenüber der Umwelt ist eine Integration in die Gesellschaft jedoch sehr schwierig. Es bleibt ihm also nichts anderes übrig, als Mittel und Wege zu finden, eine gelungene Sozialisation vorzutäuschen. Das ist der Kern des Narzissmus. Man sollte jedoch keineswegs dem Irrglauben verfallen, der Narzisst sei im gesellschaftlichen Umgang ein Analphabet. Im Gegenteil: Gerade weil er sich mühsam und oft unter schmerzlichen Umständen aneignen mußte, was der Mehrheit der Menschen in die Wiege gelegt wurde, kann er ein besonders hohes Maß an Charme, Überzeugungskraft oder Charisma entwickeln. Allerdings ist dies immer nur eine oberflächliche Illusion und nie sein eigentliches Ich. Wenn sich die narzisstische Störung bei einer Persönlichkeit mit einem hohen Maße an kognitiven Fähigkeiten verbindet, dann hat dieser Mensch eine gute Chance, eines Tages zu einem der angesehensten Anwälte, Investoren oder Staatsmänner zu werden. Ist es um das analytische Talent weniger gut bestellt, dann ist die Wahrscheinlichkeit für ihn, im Justizvollzug zu enden, allerdings wesentlich höher.

*

Ich werde jetzt etwas sehr Umstrittenes tun, nämlich ein Konzept der Individualpsychologie auf ein gesellschaftliches System anwenden. Dabei gehe ich von der These aus, dass die Gesamtheit mehr ist als die Summe ihrer Teile. Ein Individuum verhält sich in der Masse oder eingebunden in eine Struktur von Institutionen anders als allein. Damit will ich keineswegs behaupten, dass die Vertreter der etablierten Politik sowie ihre medialen Handlanger allesamt unter einer narzisstischen Störung leiden. Sicherlich finden sich Narzissten auch unter den oppositionellen Politikern sowie den alternativen Medienmachern. Ich stelle vielmehr die Behauptung auf, dass das Regime selbst, unter dem wir gegenwärtig leben, ausgeprägt narzisstische Züge trägt und viele der grotesken Verzerrungen, die wir in diesen Tagen erleben, darauf zurückzuführen sind. Fragt man Menschen nach den Ursachen des politische Desasters, wird man – je nach ideologischem Flügel – auf das internationale Bankensystem oder auf eine diffuse Gruppe von Verschwörern verwiesen, die sich nächtens auf Prager Friedhöfen verabreden. Ich halte diese Theorien für ausgemachten Unsinn. Es geht somit in erster Linie nicht um einen „Mann, der hinter der Gardine steht", sondern um die scheinbar seltsamen Merkmale eines politischen Komplexes sowie um die zentralen Frage, ob dieses System aus sich selbst heraus reformierbar ist oder nicht.

*

Die Kommunikation mit einem narzisstisch gestörten Menschen hat mehrere Eigenarten, auf die es sich einzugehen lohnt. Das grundsätzliche Problem besteht darin, dass die Kommunikationspartner für ihn selbst gar keine Signifikanz haben. Die eigentliche Funktion der Interaktion besteht für ihn darin, Kontrolle auszuüben. Gelingt ihm das nicht, reagiert er mit Frustration und beginnt, den Wert seines Gegenübers zu degradieren. Der Narzisst will nicht verstehen. Er will vielmehr verstanden werden. Ein typisches Zeichen der narzisstischen Geselligkeit ist das Erzählen der immer gleichen Geschichte oder ein und desselben Witzes. Wie ein Mantra werden dieselben Ereignisse oder Überzeugungen den Beteiligten gepredigt. Er selbst nimmt hingegen nie einen Rat entgegen. Einen Fehler zuzugeben, ist für ihn keine Stärke. Seine Verletzlichkeit läßt dies nicht zu. Der Narzisst versteht nicht, dass wechselseitiger Respekt, Sympathie und Zuneigung in Beziehungen zu besseren Resultaten führen als die einseitige Ausübung von Macht. Der in seiner Persönlichkeit Gestörte ist kein guter Zuhörer. Er bestimmt die zentralen Begriffe sowie die Sprache, mittels welcher er die Realität festlegen will. In der Politik ist dieses Verhaltensmuster leicht zu erkennen. Der Begriff „Flüchtlinge" für die Unzahl illegaler Einwanderer war nicht nur eine unzulässige Pauschalisierung. Sie sollte auch über die Einsicht hinwegtäuschen, dass die Anreize der Massenmigration keineswegs nur in den Herkunftsländern lagen, sondern auch in der Anziehungskraft einer kleinen Anzahl von Zielländern, welche die Invasoren aufgrund materieller und politischer Vorteile bevorzugten. „Vielfalt ist unsere Stärke" lautet eine der Parolen aus dem narzisstischen Lager. Vermutlich sind damit Synergieeffekte gemeint, welche in der Chemie, Pharmazeutik und Medizin tatsächlich entstehen können, wenn unterschiedliche Elemente in Verbindung kommen. Doch diese komplizierten Zusammenhänge zu diskutieren, macht sich die etablierte Politik nicht die Mühe. Der Alltag des Bürgers ist weniger von Mutualismus geprägt als vielmehr von Dissonanz. Diese wäre im Wettstreit konkurrierender Meinungen begrüßenswert, wird jedoch medial sowie juristisch unterbunden. Auch was die historische Schuld anbelangt, so sind es fast immer dieselben Anekdoten und Opferschicksale, die den Diskurs bestimmen. Jede Andeutung von steigendem Desinteresse oder Übersättigung kommt einer

Majestätsbeleidigung gleich, und der Tabubrecher ist für immer geächtet. Auf diesen Lebenslügen beruht der Bestand des Staates und verliert damit Stück für Stück seine Legitimation.

*

Auf eine einzelne, sehr zentrale Politikerin möchte ich jedoch näher eingehen, da sie einen Aspekt des versteckten Narzissmus lehrbuchhaft verkörpert. Es geht um die ehemalige Regierungschefin, welche vor einigen Jahren selbstherrlich die Grenzen öffnete und eine illegale Massenimmigration bisher unbekannten Ausmaßes in Gang setzte. Der verborgene Narzisst tritt wie ein Wolf im Schafspelz auf. Seine schlecht überspielte Unsicherheit, sein Mangel an Charisma und Eloquenz sind Teil seiner Tarnung. Die angesprochene Politikdarstellerin sprach immerzu von „unseren" Werten. Gemeint waren damit die Mitgliedschaft in einem atlantischen Militärbündnis, die besondere – wie sie es formulierte: „immerwährende" - Verantwortung für einen Staat, der ansonsten wenig Freunde hat, ein marktwirtschaftliches Wirtschaftssystem und ein paar Punkte mehr. Mit der Weigerung, von ihren eigenen Werten zu sprechen, versuchte sie jenen Opportunismus zu verhüllen, der für ihre Biographie charakteristisch ist. Aufgewachsen als Privilegierte in einem totalitären Staat und dessen Ideologie treu ergeben, hatte sie mit unglaublicher Raffinesse die Seite gewechselt. Niemand hat sie für demokratische Veränderungen demonstrieren sehen, als die Zentralverwaltungswirtschaft zusammenbrach. Es gibt kein einziges Dokument, das auch nur die leiseste Opposition zur Diktatur ihrerseits erkennen läßt. Ihre Akte bei der politischen Polizei gilt als „verschwunden", und ihr berufliches Engagement im Dienst der Einheitspartei soll sich auf die Organisation „kultureller Veranstaltungen" beschränkt haben. Es wurde viel über die Persönlichkeit dieser Frau gemutmaßt: das religiöse Elternhaus, die Verbitterung über den Verlust des untergegangenen Staates oder ihre biologische Unfruchtbarkeit. Dabei ist es schwierig, eine narzisstisch gestörte Person in diesem Sinne zu klassifizieren. Sie hat zu ihrem Staat eine ambivalente Beziehung. Solange sie Nutzen aus ihm zieht, wird sie ihm loyal ergeben sein. Welche Werte sich damit verbinden, ist gleichgültig. Die Standpunkte, welche sie vertritt, sind in Wirklichkeit für sie nicht bindend. Und es ist vor allem auch diese Flexibilität in der Positionierung, welche ihre steile Karriere erst möglich machte. Und da sind noch weitere Merkmale einer pathologischen Narzisstin, die sie bei der einen oder andern Gelegenheit erkennen ließ: Als in jener historischen Silvesternacht als Folge ihrer eigenwilligen Migrationspolitik über tausend Personen beraubt, bespuckt und sexuell mißbraucht wurden, da ging sie einfach über das Ereignis hinweg. Es interessierte weder sie persönlich noch ihre Lakaien. Von irgendeiner Anteilnahme oder gar Betroffenheit war nichts zu erkennen. Weder sie selbst noch einer ihrer Schleppenträger machten sich vor Ort ein Bild oder nahmen Kontakt zu einem der Opfer auf. Lapidar erklärte sie eine Woche nach dem Massentumult, „einige hätten ihr Gastrecht mißbraucht". Das war alles. Die „Gäste" waren also schuld. Sie selbst hatte sich nichts vorzuwerfen. Der Narzisst will zwar akzeptiert sein, aber auf eine andere Art als gewöhnliche Menschen. Er verbindet damit einen Sonderstatus in bezug auf sich selbst. Welchen Schaden er auch immer anrichtet, er – und nur er allein - hat in seinen eigenen Augen das Recht dazu, und jede Kritik an seinem Handeln wird als Anmaßung empfunden.

*

In meiner Phantasie waren politische Polizisten immer uniformierte, Knüppel schwingende Schergen eines totalitären Systems. Sie lauschten Telefongespräche ab, setzten verdeckte Romeos an wenig beachtete Frauen an, um sie zur Spionage gegen Andersdenkende zu animieren oder ließen Oppositionelle in südamerikanischen Polizeikellern verschwinden. In meiner Jugend gab es dieses sogenannte „Schild und Schwert der Partei" wirklich. Allerdings lebte ich damals in einem anderen Teil unseres Landes. Auch im Bereich der Verschwörungstheorien hatten diese Unholde ihre Bühne. In Nordamerika gründete ein Guru eine obskure Sekte, deren Männer sich selbst kastrierten. Schließlich vergiftete sich die gesamte Gemeinschaft im Glauben, von außerirdischen Raumschiffen abgeholt zu werden. Besserwissende „Experten" vermuteten, dass der Sektengründer ein Geheimdienstmitarbeiter war und dessen Aufgabe darin bestand, die Kraft charismatischer Herrschaft auszuloten. In unserem Staat sind die politischen „Ordnungshüter" eher ein schnüffelnder Nachrichtendienst, der auf körperliche Gewalt verzichtet und Existenzen auf ökonomische Weise vernichtet. Doch diese zivilen Verhältnisse täuschen über die Realität hinweg. In Zeiten, in welchen Manipulation und Täuschung zur Kontrolle der Bürger nicht mehr ausreichen, kann ein narzisstisches Regime auch auf Gewalt nicht verzichten. Das trügerische Selbstbild des Narzissten läßt eine offizielle funktionale Verbindung mit dem Staatsterror nicht zu. Deshalb wird dieser auf scheinbar eigenständige Einrichtungen und Vereine verlagert. Diese haben unverdächtige Namen – zum Beispiel „Antirassistische Aktion" oder „Stiftung für Toleranz" -, werden finanziell großzügig unterstützt und genießen strafrechtlich weitgehend Narrenfreiheit. Hin und wieder beißen diese die Hand, die sie füttert, aber im großen und ganzen erfüllen sie ihre Aufgabe mit aller Brutalität und Tücke. Die Leere ihrer Lebensverhältnisse füllen sie mit moralischer Superiorität und wirrer Realitätsverweigerung. Sie sind mental Blut vom Blut ihrer in der Persönlichkeit gestörten Gönner, auch wenn sie diese angeblich hassen.

*

Ein Narzisst hat ein ganz anderes Verhältnis zur Schuld eines Mitmenschen als ein ganzheitlicher Mensch. Er sieht im Bruch eines Gesetzes oder einer Regel nicht die Fehlbarkeit des Menschen an sich und gibt sich auch nicht mit einer angemessenen Sanktionierung oder Wiedergutmachung zufrieden. Die Schuld ist von nun an sein Instrument und eine Entschuldigung ausgeschlossen. Die narzisstische Persönlichkeit ist auf die Scham des Schuldigen ausgerichtet. Das Bewußtsein der eigenen Minderwertigkeit des Überführten garantiert die Superiorität des Narzissten. In einem narzisstisch gestörten Regime läßt sich die Rolle der Kollektivschuld oder -scham kaum überschätzen. Sie ist zeitlich unbegrenzt und wird in Zukunft allen kommenden Generationen zur Last gelegt. Sie hat keine juristische Legitimation und verweigert sich der wissenschaftlichen Überprüfung.

*

Unser Staat unterscheidet sehr genau zwischen der Ballprinzessin und den Schmuddelkindern. Das Lager der Letztgenannten gibt sich möglichst nicht zu erkennen, denn sie stehen außer Acht und Bann. Das bedeutet, dass Gewalt unterhalb einer bestimmten Schwelle offen begrüßt wird. Da sind diese vermeintlichen Clowns, die eine angeblich bestellte Geburtstagstorte auf einer Pressekonferenz ins Gesicht eines oppositionellen Publizisten werfen. Die Medien überbieten sich wechselseitig mit verhohlenem Spott und verbreiten das Ereignis wie auf Bestellung mit unangemessen vielen Wiederholungen. Offenbar ist es erlaubt, bestimmte Menschen auf eine schelmische Art und Weise zu bespucken. Mancher amüsiert sich ganz offen darüber. Wahrscheinlich ist dieser Menschentyp derselbe, der im Mittelalter die Kiste mit dem faulen Obst an die Kinder der Stadt übergab und sich an den Treffern im Gesicht des an den Pranger Gestellten ergötzte. Andere sprechen von einer politischen Tradition des Hohns gegen den Extremismus. Der Sarkasmus reicht bis in die Chefetagen. Eine Café-Kette bewirbt ihre Pappbecher als „zum Wurf tauglich". Es gibt keine scharfe Trennung zwischen legitim und verwerflich. Darf der Kaffee, den man einem anderen Menschen ins Gesicht schüttet, auch brühend heiß sein? Vermutlich wäre die Aktion für die Medien dann nicht mehr zu verwerten. Das ist jedoch in unserer Zeit das einzige Kriterium, das die Vogelfreien schützt.

*

Wenn ich versuche, mich an die erste Konfrontation mit unserer Schuld zu erinnern, dann fällt mir der Name meines ehemaligen Religionslehrers ein. Damals war ich etwa sieben oder acht Jahre alt. Der Unterricht war wenig strukturiert. Andacht und religiöse Erörterungen verbanden sich häufig mit aktuellen Themen und Diskussionen. Geiger war der Name des Lehrers, und er gehörte zur Generation der Kriegsteilnehmer. Hin und wieder flocht er spontan Erlebnisse aus der Kriegs- und frühen Nachkriegszeit, die ihn nicht losließen, in seinen Unterricht ein: zum Beispiel, wie ihm in französischer Kriegsgefangenschaft ein Reisekoffer voll Frauenhaar präsentiert wurde. Wir Schüler konnten diese Erzählungen noch nicht einordnen. Wir wußten nichts von der Rache der Sieger an jenen Frauen, welche der Kollaboration beschuldigt wurden. Und eines Tages kam er auf jenen industrialisierten Massenmord zu sprechen, der unserem Volk zur Last gelegt wurde. Das war das erste Mal, als ich von der Schuld erfuhr, die so absolut war, dass sie in kein historisches Schema paßte, sondern fortan wie eine politische Religion über uns herrschte. Und daran knüpft sich noch eine weitere Erinnerung. Es muß etwa zeitgleich gewesen sein, denn ich kann mich noch an den ersten Fernseher meiner Eltern erinnern. Es war ein sperriges hölzernes Gerät auf vier kurzen Beinen und mit vier großen schwarzen Knöpfen für die Funktionen An/Aus, Lautstärke, Kontraste sowie die Wahl zwischen drei staatlichen Sendern. Wahrscheinlich wurde die Sendung am frühen Abend ausgestrahlt. Mein Vater war noch nicht von der Arbeit zurück und meine Mutter mit dem Haushalt beschäftigt. Es ging um ein gewisses Ehepaar K.. Die Gattin, Ilse K., soll eine – sagen wir - etwas abseitige Neigung in bezug auf tätowierte Häftlinge gehabt haben. Der ursprünglich amerikanischen Reportage zufolge pflegte sie jene Männer mit den stattlichsten Hautverzierungen in ihr Schlafgemach zu bestellen und ordnete unverzüglich nach dem Beischlaf deren Ermordung an. Die Haut der Opfer soll dann zu allerlei Dekoration, wie etwa Lampenschirmen oder Schrumpfköpfen, verarbeitet worden sein. Mir war zur damaligen Zeit nicht klar, dass eine solch sadistisch veranlagte Frau ein psychiatrischer Fall und weniger ein ideologischer Kasus war. Der Gemahl, Otto K., soll dem Treiben seiner Frau und den daraus resultieren anatomischen Unikaten gleichgültig gegenübergestanden haben. Heute betrachte ich jene Sendung als eines der Märchen, welche meine Großmütter vergaßen, mir zu erzählen. Das ist nicht weiter schlimm, aber ich würde gern wissen, welche Personen hinter dem kuriosen Klamauk standen, an dem am Ende die in der Nähe wohnende Stadtbevölkerung festlich gekleidet vorbeidefilieren mußte. Der besagte Lampenschirm – Experten sprechen von bemaltem Ziegenleder – ist heute in einem Archiv in Nordamerika eingelagert. Auch der Narrativ ist nicht mehr derselbe. Nach Angaben von zwei inzwischen verstorbenen Häftlingen hatte Ilse K. nicht einen Lampenschirm, sondern vielmehr eine gesamte Nachttischlampe, auf skelettierten Fußknochen und einem Schienbein stehend, als Utensil eines makaberen Festes geordert. Die Legenden ändern sich, manche verblassen und fristen ein tristes Dasein in der Requisite, dafür rücken andere in den Vordergrund. Die Schuld bleibt.

*

Für normale Menschen ist eine Tatsache ein Faktum, um das man nicht herumkommt. Das liegt daran, dass es außerhalb unserer Absichten, Wünsche oder Träume existiert. Es ist mit wissenschaftlichen Methoden meßbar oder läßt sich wenigstens anhand verbindlicher Kategorien einzuschätzen. Für die Anerkennung der Tatsache ist es unerheblich, ob sie unserem Willen entspricht oder unseren Interessen im Weg steht. Sie bleibt wenigstens so lange Teil der Realität, bis sie fachspezifisch falsifiziert wurde. Der Narzisst hat ein sehr viel anderes Verhältnis zu Fakten. Was er als tatsächlich einschätzt, hängt weitestgehend von seinen Gefühlen ab. Fühlt er sich entmutigt oder deprimiert, so ist er bereit, negative Vorwürfe gegen andere bereitwillig wahrzunehmen. Ist er in einer Glücksphase, dann reagiert er aufgeschlossen auf positive Nachrichten. Wahrheit und Emotion lassen sich bei ihm nicht eindeutig abgrenzen. Hat eine Person seine Gunst verloren, so ist jede Äußerung eines Verdachts und jede üble Nachrede für ihn eine wertvolle Information. Nicht anders verhält es sich, wenn eine politische Klasse voll Verachtung auf das eigene Volk schaut und dafür in den Medien ein mächtiger Resonanzboden geschaffen wurde. Jede Verzerrung, Verunglimpfung und Unwahrheit gewinnt dann eine gefühlsmäßige Dimension, welche sie gegen den Verstand immunisiert. Der Dissident wird dann zum Leugner, ohne seine Einwände auch nur präsentieren zu dürfen.

*

Wahrscheinlich ist ein Narzisst der schlechteste Volksvertreter, den man sich vorstellen kann. Sein überhöhtes Selbstverständnis und seine, nennen wir es „alternative Sicht der Dinge", lassen zweierlei Maß entstehen. So interessieren ihn die Nöte und Probleme der Bevölkerung eigentlich nicht. Unmittelbar vor Wahlen wird er diese Unnahbarkeit zwar kaschieren, aber die Regel lautet: Ihr da draußen müßt lernen, uns zu verstehen. Und wenn der Bürger nicht „verstehen" will, dann bekommt er diese „Tatsachen" eben von den gleichgeschalteten Medien „erklärt". Ganz ähnlich verhält es sich mit den sozialen Leistungen an die Eigenen. So erhalten die illegal Eingewanderten staatliche Zuwendungen, von denen die angestammte Unterschicht nur träumen kann. Der etablierten Politik geht es vor allem um ihr internationales Image. Auf dem Parkett der Gipfeltreffen spiegelt sich ihre vermeintliche Grandiosität wider. Was das gemeine Volk denkt, interessiert sie gar nicht. Die Kooperation mit dem politisch-medialen Komplex beruht auf Gier und Zwang. Es gilt kein gleiches Recht für die einen und die anderen. Und jene, welche ohne Reisedokumente in unser Land gekommen sind, haben dafür ein feines Gespür. Für sie zählt die Stärke und nicht etwa der Anstand oder die Leistung. Sie sind Gäste in einem Haus ohne Hüter. Und sie sind sich dessen nur allzu bewußt.

*

Ein Witz macht die Runde. Vermutlich ist er nicht ganz frisch und auch nur mäßig originell: „ER: Entschuldigen Sie, meine Dame, aber würden Sie sich mit mir auf ein intimes Abenteuer einlassen, wenn ich Ihnen dafür ein Vermögen in Höhe eines Staatshaushalts zukommen ließe?' SIE zögernd, aber auch amüsiert: Das könnte ich mir irgendwie vorstellen! ER: Käme solch ein amouröses Erlebnis für Sie auch in Frage, wenn ich Ihnen einfach das nächste Getränk spendiere? SIE empört: Für was halten Sie mich eigentlich? ER: Das haben wir doch eben geklärt. Jetzt geht es nur noch um den Preis." Mit den Zeitzeugen unserer Schuld ist es genau umgekehrt. Sie werden „Überlebende" genannt und uns wie Säulenheilige vor die Füße gestellt. Die Frage, mit was man es bei ihnen zu tun hat, stellt sich nicht. Wagt jemand, sie wider alle Empfehlung aufzuwerfen, wird er zum Vogelfreien erklärt. Der Preis, den sie uns für unsere moralische Minderwertigkeit in Rechnung stellen, ist jenseits aller numerischen Dimensionen. Die Abbitte wird jeweils ohne Dank entgegengenommen. Jede ihrer Tränen ist ein Wasserfall. Und das Meer wird nicht voll.

*

In der zweiten Hälfte des vergangenen Jahrhunderts schuf ein amerikanischer Kult-Regisseur Werke, die in ihrer Art bis heute einzigartig sind. Sie spielten in einer Welt mit festgefügten bürgerlichen Konventionen und zeitgemäßen Charakteren, über welche aus irgendeinem Grund ein Verhängnis einbrach und galten als Meisterwerke der Spannung. Zu den Kuriositäten dieser Filme gehörte das kurze Auftreten des untersetzt und dicklich wirkenden Mannes als Statist. Er gab dann ganz unerwartet in einem Straßencafé eine Bestellung auf oder kaufte sich an einem Kiosk eine Zeitung. Ein Teil der Zuschauer konzentrierte sich so sehr auf die Erscheinung des Filmemachers, dass die Dramatik der Handlung in den Hintergrund geriet. In den späteren Werken war er deshalb bereits in den ersten Sequenzen zu sehen. Heutzutage hat das Publikum im Kino ähnliche Déjà-vu-Erlebnisse. Diese sind nicht das Ergebnis einer Schrulle des Produzenten, sondern eine Art bewußt überarbeiteter Stereotypen. Dazu gehören die lesbische Kriminalkommissarin, die von Anfang an klarmacht, dass sie ihre Schufte unerbittlicher jagen wird als jeder Mann, das Computergenie aus einer tatsächlich eher bildungsfernen Bevölkerungsgruppe, der Vertreter einer bestimmten Religion, der Gerechtigkeit für das Leid seiner Ahnen einfordert, ohne je von Rache zu reden oder der bekennende Schwule, der im Alltag immer noch mit Vorurteilen bezüglich seiner gleichgeschlechtlichen Orientierung konfrontiert wird, sich aufgrund seiner Besonnenheit jedoch am Ende des Dramas als rettendes Element erweist. Der Masse der Filmkonsumenten ist diese Form der Konditionierung nicht bewußt. Sie ahnt nicht, dass der mental etwas zurückgebliebene und in seine Feuerwaffen verliebte weiße Mann, der sich am Ende als politisches Ungeheuer entlarvt, alles andere als eine Marotte des Drehbuchautors ist. Neu ist das nicht. Aber zu Beginn der Filmgeschichte war der Subtext viel subtiler versteckt.

*

Unser Volk hat zweifellos seine Vorzüge, und seine kulturellen Errungenschaften sind unbestritten. Zu einer Selbstkritik gehört jedoch auch das Eingeständnis, dass uns andere Nationen im Kampf um die Freiheit den Rang ablaufen. Da ist ein Element der Untertänigkeit, das bis in die monarchistische Vergangenheit zurückreicht. Sinn und Zweck jenes Paragraphen, der heutzutage unsere Redefreiheit – und damit auch unsere Wissenschaftsfreiheit – aushebelt, war ursprünglich die Sicherung des sozialen Friedens zur Zeit der Industrialisierung. Als diese längst vollzogen war und das Königtum einer ganzen Reihe von Republiken weichen mußte, blieb dieser Paragraph dennoch als Kontinuum in Kraft. Er wurde jeweils im Rahmen der neuen Herrschaftsform anders interpretiert und wucherte mit seinen zahlreichen Unterparagraphen wie ein Krebsgeschwür. In unserer Zeit dient er dem Absolutheitsanspruch der Geschichtsauslegung einer Dekade. Diese enthielt so viele Absurditäten, Übertreibungen und naturwissenschaftliche Unvereinbarkeiten, dass sie schließlich widerwillig einer offiziellen Revision unterzogen werden mußte. Diese überarbeitete Version kam den Arbeiten der genau dafür verurteilten Dissidenten in einzelnen Punkten sehr nahe. Natürlich gibt es kein Orwellsches Ministerium für Wahrheit. Aber die Frage nach jener Institution, welche befugt ist, das tatsächlich Geschehene festzulegen, ist eines der am besten gehüteten Geheimnisse unseres Staates. Daneben geht es auch um materielle und politische Ansprüche, aber man ist gut beraten, darüber nicht zu sprechen. Wen religiöse Zweifel plagen, der kann sich an das nächst gelegene Pfarramt oder – falls die Beziehungen weit genug reichen – an eine vatikanische Delegation wenden. Einen Scheiterhaufen muß er nicht mehr befürchten. Jene Zeitgenossen, die im Bereich der Politik nicht länger glauben, sondern wissen wollen, seien hingegen an eine politisch gut geschulte Staatsanwaltschaft und gefügige Richter verwiesen. „Eine Zensur findet nicht statt", so steht es in der Verfassung. Das ist eine Lüge.

*

Jedes einzelne Objekt der Manipulation muß vom Betrüger auf besondere Weise angesprochen werden. Das gilt generell für jede Form von Kommunikation. Ich spreche mit meinem Rechtsanwalt in einem anderen Ton und über andere Themen als mit meiner Ehefrau. Keine mediale Produktion ohne politische Relevanz richtet sich ohne Hintergedanken an die Öffentlichkeit. Vielen Menschen ist dies nicht bewußt, weil sie an Erzeugnissen, die an eine andere Zielgruppe gerichtet sind, von Natur aus kein Interesse haben. Nehmen wir die Seifenopern am frühen Abend im Staatsfunk als Beispiel. Sie wenden sich an ein intellektuell anspruchsloses Milieu, das die gesellschaftlichen Veränderungen nicht reflektiert, sondern als gegeben hinnimmt. Da ist also die Figur des trinkfreudigen Vaters, der sich längst aus aller Verantwortung gestohlen hat, der Archetyp einer gütigen Mutter, die trotz aller Widrigkeiten die Familie zusammenhält, der beruflich erfolgreiche Onkel, der mit seinen Geldmitteln schlichtend in die Handlung eingreift sowie der fremdländische Untermieter, der mit seinen kulturellen Eigenarten immer wieder für Konflikte sorgt, damit jedoch eine konstruktive Entropie ins Spiel bringt, die das Leben bunter macht. Dazu kommt vielleicht noch die gleichgeschlechtlich orientierte Tochter, die sich kämpferisch gegen jede Art von Diskriminierung engagiert und allerlei mehr, das der Zeitgeist propagiert. Mich erinnert dies an den Versuch einer Impfung mit abgetöteten Viren, die den Körper gegen Infektionen immunisieren soll. Doch der Vergleich hinkt. Die zunehmende Rohheit im Umgang der Menschen, die Brutalität der Verbrechen und der Kampf der unteren Schichten sowie der illegal Eingewanderten um knappe Ressourcen nimmt stetig zu. Die Unterhaltungsserien gaukeln einen sozialen Mikrokosmos vor, in dem die Probleme zwar angesprochen werden und sich am Ende zum Vorteil aller Beteiligten lösen lassen. Ihre Zuschauer leben jedoch mit diesem Entwurf einer wechselseitigen Harmonie in einer gefährlichen Illusion.

*

Die Frage nach unserer Demut und dem Mangel an Aufbegehren gegen das politisch korrupte System läßt mich nicht los. Immer mehr drängt sich mir die Erkenntnis auf, dass eine monokausale Erklärung nicht ausreicht. Es sind verschiedene Ursachen, die zusammenkommen. In einem narzisstischen Zyklus der Entwertung ist der Täter nicht durchgängig bösartig. Würde er von Anfang an seine destruktive Seite zeigen, wäre niemand bereit, sich mit ihm einzulassen. Wir lernen den Narzissten langfristig in verschiedenen Rollen kennen. Es scheint, als ob er aus multiplen Persönlichkeiten besteht. Das ist nicht der Fall. Seine Persönlichkeit ist in Stücke gebrochen und läßt sich nicht schlüssig zusammensetzen. Ihm fehlt die Ganzheitlichkeit. Seine Wünsche und Bedürfnisse sind sehr eindimensional, manchmal widersprüchlich und lassen einen unreifen Charakter erkennen. Wenn wir ihn in seiner negativen Rolle erleben, ist das nicht sein wahrer Charakter. Dasselbe gilt, wenn er sich positiv in Szene setzt. Seine innere Verletzung zu tarnen, ist sein täglicher Überlebenskampf. Vielleicht ist die ungerechtfertigte Loyalität eines Teils der Bevölkerung zum politischen System darin begründet, dass sie sich an die positiven Aspekte klammert und die negativen, so gut es geht, verdrängt.

*

Unser Projekt rückt in unmittelbare Nähe. Aya organisiert alles, während ich selbst immer wieder der Grübelei anheimfalle.

„Warum will das Regime uns eigentlich austauschen? Wir sind so etwas wie Milchkühe, die man noch lange Zeit abmelken kann. Handzahm lassen wir uns alles gefallen. Ich verstehe das einfach nicht! Was haben die Invasoren dem System zu bieten?"

„Das Regime denkt nicht in jenen Kategorien, die du für rational hältst", erwiderte Aya. „Ein Charakteristikum dieser politischen Garde ist das Leben in der Gegenwart, und sie hat wenig oder überhaupt keine Sorge um die Zukunft. Das gilt auch für die Ökonomie. Überschüsse werden nicht als Vorräte angesichts kommender Imponderabilien angelegt, sondern für realitätsfremde Entwürfe verpraßt. Das gehört zu einer infantilen und verantwortungslosen Persönlichkeit genauso wie zu einem korrupten Staat. Zweitens ist ein Narzisst schnell gelangweilt. Du solltest bedenken, dass er in Beziehung zu einem Objekt steht, das er eher als Sache oder sogar als Sklaven ansieht. Er selbst ist alles, sein Partner ist ausschließlich dazu da, seinen Bedürfnissen und Maßstäben gerecht zu werden. Entpuppt sich der Mensch als mit Mängeln behaftet, also aus unserer Sicht als normal, so hat er bald ausgedient."

„Ich kann mir einfach nicht vorstellen, dass die zukünftige Bevölkerung, die sich mehrheitlich aus Migranten und deren Nachkommen zusammensetzt, den Vorlieben dieses Regimes besser gerecht wird."

„Du vergißt, was der Narzisst am meisten fürchtet", belehrt mich Aya. „Er trägt seine Maske nicht in erster Linie, um seine Umwelt auf die falsche Fährte zu locken. Die primäre Funktion seiner konstruierten Persona liegt in der Täuschung seiner selbst. Es wäre für ihn nicht auszuhalten, wenn jemand seine innere Leere erkennen würde. Er wäre dann mit seinem Selbst als mentale Mißgeburt konfrontiert. Das wäre für ihn fatal. Er wird deshalb sein ganzes Leben lang nichts anderes tun, als diese Aufdeckung zu verhindern. Als Kulturvolk stellen wir aufgrund unserer Fähigkeiten eine Gefahr für ihn dar. Wir haben die Fähigkeit, ihm auf die Spur zu kommen. Er weiß, dass er weder reformierbar noch therapierbar ist und reagiert mit primitivem Haß."

Wir sitzen lange Zeit schweigend da. Ich bin betroffen und in Sorge, was auf uns zukommen wird.

*

Ein Teil der bereitwilligen Gefolgschaft der Bevölkerung ist rational zu erklären. Passive Verweigerung und aktiver Widerstand sind mit Risiken und Nachteilen verbunden. Und dennoch ist da ein hypnotisches Element im Spiel. Es erinnert an das Stockholm-Syndrom, als sich die aus der Haft befreiten Geiseln für ihre Peiniger verwendeten und sogar deren Verteidigung vor Gericht finanzierten. Manche Opfer von Narzissten zeigen ein ähnliches Verhalten. Sie sind blind für den Mißbrauch und seine desaströsen Folgen. Niemand ist perfekt, heißt es dann. Das ist richtig, allerdings ist die narzisstische Persönlichkeit so gestört, dass man allgemeingültige Maßstäbe hier nicht anlegen kann. Was es so schwer macht, sich aus dem Bann des Narzissten zu lösen, ist die Verwirrung, die er anstiftet. Wir sind unter seinem Einfluß nicht mehr wir selbst. Unsere gesunde Identität wird Stück für Stück beschädigt und ist schließlich in Gänze zerstört. Er tritt uns nicht von Anfang an als das entgegen, was er ist. Aber die Täuschung ist nicht sein einziges Instrument. Kein Narzisst ist dauerhaft abwertend, beleidigend oder gewalttätig. Er versteht es, uns Versprechungen zu machen und uns da und dort in Schutz zu nehmen. Auf pathologische Phasen folgen wieder Zeiten relativer Normalität. Es ist ein Wechselbad der Gefühle, das uns die Orientierung verlieren läßt. Je mehr und je länger wir in seiner emotionalen Abhängigkeit verharren, desto weniger sind wir in der Lage, Unterscheidungen zu machen. Das Unterste kehrt sich nach oben, das Aufrichtige erscheint böse und die Lüge wird zur Gewißheit. Trotzdem kann der Sack, der uns über den Kopf gezogen wurde, Risse bekommen. In diesem Moment kommt unser individueller Charakter ins Spiel. Wann sind wir nicht mehr dazu bereit, Kompromisse einzugehen? Wenn wir uns eingestehen müssen, betrogen zu werden? Wenn unseren Kindern die Zukunft genommen wird? Wenn der öffentliche Raum immer mehr von anderen vereinnahmt wird, die uns bedrohen? Die Schwelle ist bei jedem Menschen anders. Die Leibgarde des politischen Systems wird am Ende klein sein. Um so mehr beeilen sie sich, uns zu vernichten.

*

Jeder einzelne von uns hat eine Identität. Sie setzt sich aus verschiedenen Elementen zusammen, beispielsweise dem Bildungsgrad, dem Geschlecht, dem Alter und vielen weiteren Aspekten. Es hilft uns nichts, wenn wir unsere Identität ablehnen oder sogar hassen. Wir werden genau aus diesem Blickwinkel bewertet, wenn wir mit anderen in Verbindung treten, ob wir es so wollen oder nicht. Ähnlich ist es mit der kollektiven Identität. Die meisten Gruppen pflegen ihre Kultur und vertreten ihre eigenen Interessen. Da der Narzisst kein stabiles Selbst hat und seine eigene Existenz nichts anderes ist als eine mehr oder weniger gelungene schauspielerische Darbietung, kann er die Identität der ihn umgebenden Menschen nicht als Wert erkennen. Für ihn gibt es nur den Menschen an sich, nicht jedoch das Einzelwesen in seiner spezifischen Ausprägung und Gruppenzugehörigkeit. Im parlamentarischen Betrieb und in den Medien wurde viel von Gesellschaftspolitik gesprochen, nie jedoch über identitäre Politik. Dass dieser Begriff nie fiel, bedeutet nicht, dass er jemals irrelevant war. Der Staat hat sein Volk verraten, und jetzt stehen wir mehr und mehr mit dem Rücken zur Wand. Oft sind es alltägliche Kuriositäten, welche tief blicken lassen, wenn wir bereit sind, uns der Realität zu stellen. Täglich blockieren zugewanderte Hochzeitsgesellschaften mit ihren Limousinen unsere Autobahnen. Sie fahren mit Warnblinklicht parallel zueinander auf den Fahrbahnen und dem Standstreifen und verlangsamen ihre Geschwindigkeit bis zum Stillstand. Dann fallen Salutschüsse aus Schreckschußpistolen oder scharfen Waffen, und es wird auf dem Asphalt getanzt und fotografiert. Verärgerte Verkehrsteilnehmer werden bedroht und in die Flucht geschlagen. Die Polizei ist gegen die große Anzahl von Personen in ihrer Ekstase machtlos. Erst wenn der Bräutigam das vereinbarte Zeichen gibt, hat der Spuk ein Ende, und der Pulk zieht weiter. Das ist die Realität in einer multikulturellen Gesellschaft, in welcher das Miteinander täglich neu ausgehandelt werden muß. Die Migranten scheren sich nicht um unsere Regeln. Sie verhandeln auch nicht. Insgeheim sind sie sich bewußt, dass wir uns der narzisstischen Kontrolle gefügt haben. Es gibt eine Vielzahl weiterer Beispiele für unsere Selbstpreisgabe. Da ist beispielsweise jene zugewanderte Frau, die für eine Stelle als Übersetzerin zu einem Bewerbungsgespräch eingeladen wird und bei dieser Gelegenheit der Unternehmungsleitung den Handschlag verweigert. Diese bricht als Konsequenz die Begegnung einseitig ab. Die Bewerberin fühlt sich diskriminiert und klagt vor Gericht mit der Begründung, dass in ihrer Heimat der Handschlag nicht üblich sei. Dass hier vor Ort unsere Kultur die Richtlinien bestimmt, will der Richter nicht anerkennen. Am Ende wird die Unternehmung zu einer hohen Geldstrafe verurteilt. Oder jener orientalische Migrant, der in seinem Gepäck drei religiöse Heiratsverträge mitbrachte und jetzt mit drei Frauen und dreizehn Kindern auf Kosten der Steuerzahler lebt. Ich verurteile die Polygynie zwar nicht pauschal. Allerdings ist sie in den Ländern, in denen sie praktiziert wird, an die Bedingung geknüpft, dass der Bräutigam reich genug ist, seine Frauen und Kinder selbst zu versorgen. Oder, als letztes Beispiel, unsere Frauenhäuser, die mehrheitlich von zugewanderten Frauen belegt werden, welche ihren archaischen Familienverhältnissen entfliehen wollen, jedoch weiter darauf bestehen, ein Kopftuch zu tragen. Wir haben völlig die Kontrolle über unser Land verloren.

*

Der Narzisst ist nicht in der Lage, sein Gegenüber richtig einzuschätzen. Dies liegt an seiner Unfähigkeit zu verstehen, dass andere Menschen auf eine ganz andere Art empfinden und denken. Da er in Wirklichkeit selbst nie ehrlich und authentisch ist, spricht er diese Eigenschaften auch seinen Mitmenschen ab. Für ihn gibt es keine Aufrichtigkeit und Integrität. Es ist für ihn daher auch nicht möglich, anderen Vertrauen entgegenzubringen. Wer sich berechtigterweise seinen selbstsüchtigen Bedürfnissen verweigert, läuft Gefahr, zum absolut Bösen erklärt zu werden. In der Politik bedeutet dies den Ausschluß vom sachbezogenen Dialog mit allen Mitteln. Kein Instrument, ob legal oder illegal, wird ausgelassen, um dem Renegaten zu schaden oder ihn zu verteufeln. Das ist der Grund, warum die etablierte politische Klasse ihrem Gegner nicht mit den angemessenen Umgangsformen begegnen oder mit ihm Kompromisse aushandeln kann. Und damit geht auch die Fähigkeit des Systems zur friedlichen Erneuerung verloren. Es wird seinem Kontrahenten immerzu Gewaltbereitschaft und Intrige unterstellen, schon deshalb, weil es damit seine eigene Verkommenheit projektiert. Aber am Ende generiert es damit auch eine sich selbst erfüllende Prophezeiung. Gewalt kann im Extremfall zur einzigen Möglichkeit werden, das Regime zu überwinden.

*

Der gesellschaftliche Diskurs unserer Zeit setzt sich aus Hysterie, Illusion und Lüge zusammen. Die Vertreter des Großen Austauschs verbreiten die These, in fünfzig Jahren werde es den Begriff „Migrationshintergrund" nicht mehr geben, weil dieser dann auf jeden Bürger zutreffe. Die durchmischte Bevölkerung ist einer der feuchten Träume der Umvolker. Angesichts der sozialen, kulturellen und religiösen Heiratsbarrieren der Einwanderer ist ein Schmelztiegel dieser Art allerdings eher unwahrscheinlich. Die reale multikulturelle Zukunft wird vermutlich eher tribalistisch, wie zum Beispiel im Falle von Clans, strukturiert sein. Aber es hilft nichts, der Naivität die Vernunft entgegenzustellen. Vielleicht ist es sinnvoller, uns unsere tatsächliche Vielfalt zu vergegenwärtigen. Ein Familienfoto meiner Urgroßeltern väterlicherseits hat sich fest in meine Erinnerung eingeprägt. Es zeigt meinen Urgroßvater in Sonntagskleidung, seine Frau und ihre sechs Kinder. Das jüngste von ihnen ist mein Großvater. Meine Urgroßmutter ist dunkelhaarig, sieht jedoch nicht wirklich fremdländisch aus. Ihre Vorfahren kamen aus einem Nachbarland, in welchem sie zur damaligen Zeit religiös verfolgt wurden. Noch einige Generationen hielten sie ihre Gottesdienste auf französisch ab. Doch die Verbindung zu ihrem

Herkunftsland war zerbrochen, und ihre Loyalität zu der neuen Heimat war unumstößlich. Das ist kein Einzelfall. Viele von uns haben hugenottische, slawische oder andere Familiennamen fremden Ursprungs. Doch nochmals zurück zu dem oben erwähnten Familienbild. Es zeigt unter anderem einen jungen Mann, den ältesten Bruder meines Großvaters. Er riß wenige Jahre nach dieser Aufnahme von zu Hause aus und meldete sich als Freiwilliger bei der Kaiserlichen Marine. Er kämpfte in beiden Weltkriegen, und ich bin ihm als Kind bei Familienfeiern mehrfach begegnet. Er sprach nie viel und schon gar nicht über das, was er erlebt hatte. Ich glaube nicht, dass ihn jemals eine Person auf seinen Migrationshintergrund angesprochen hat. Vielleicht hätte er dann schweigend gelächelt oder höflich gebeten: „Betrachten Sie mich doch einfach als gut integriert."

*

Mythen aus der Antike, welche Althistoriker längst widerlegt haben, holen uns in der Gegenwart ein. Im Jahr 64 unserer Zeitrechnung soll der römische Kaiser Nero auf dem Turm des Maecenas den von ihm selbst befohlenen Brand Roms beobachtet und besungen haben. Der Legende nach begleitete er sich dabei selbst auf der Lyra und deklamierte den Fall Trojas. Nachweislich befand er sich während des Brandes in seinem weit entfernten Geburtsort Antium, dem heutigen Anzio. Dennoch steht diese gespenstische Theatralik auch Jahrtausende später noch für das Sinnbild der Hybris eines Herrschers. Eine linksextreme Demonstration gegen den Klimawandel entfesselt ein unerwartetes Maß an Gewalt gegen die Ordnungskräfte der Polizei sowie das Eigentum der ansässigen Einwohner der Stadt. Urheber der tagelangen Krawalle sind zwei Gruppen von Demonstranten, die sich wechselseitig in die Hände spielen: der sogenannte Schwarze Block mit seinen gutorganisierten und bewaffneten Schlägern sowie eine bunte Schar Gutmenschen, die ihre Besorgnis über dies und jenes wie eine Monstranz vor sich hertragen. Zunächst ist man geneigt, zwischen diesen beiden Lagern zu unterscheiden. Dann wird klar, dass der harte Kern aus der scheinbar friedlichen Mehrheit heraus agiert und dort auch immer wieder seine Rückzugsgebiete findet. Nach zwei Tagen sieht das Zentrum der Stadt aus wie nach einem Bürgerkrieg. Die Luft stinkt nach dem Ruß Hunderter in Brand gesteckter Autos, die Auslagen der Geschäfte sind eingeschlagen und geplündert. Dann wird bekannt, dass die regulären Polizeieinheiten weite Stadtgebiete stundenlang aufgegeben hatten und erst der Einsatz von Spezialeinheiten wieder Recht und Ordnung herstellen konnte. Die Spitzenvertreter der etablierten Politik lauschten zu dieser Zeit ganz in der Nähe einer von Sonderkräften geschützten Philharmonie den Klängen klassischer Musik. Videos von den Vorfällen gelangen an die Öffentlichkeit. Sie zeigen den schwarzgekleideten Mob beim Aufbrechen von Lebensmittelgeschäften und der Plünderungen der Alkoholregale. Gaffend und zunächst unbeteiligt stehen die Gutmenschen dabei. Dann verlassen die maskierten Schläger mit ihrer Beute den Laden, und ein selbsternannter Krieger des Lichts in den typischen T-Shirts des regionalen, „anti-rassistischen" Fußballclubs nach dem anderen betritt den Laden und nimmt Waren an sich, die mit vollen Armen herausgetragen werden. Was die Überwachungskamera da aufgezeichnet hat, ist der verdeckte Narzissmus des Pöbels, der unter der Maske des Engagements für eine bessere Welt und mit seiner moralischen Wichtigtuerei nur auf die Gelegenheit wartete, seine ordinäre Fratze des Komplizen ins Bild zu bringen.

*

Zur narzisstischen Persönlichkeit mit ihrer Selbstüberschätzung gehört die Vorstellung, dass sich alles Geschehen auf sie selbst bezieht. Bekommt der Narzisst versehentlich zu viel Wechselgeld zurück, dann erklärt er das mit seiner Segnung. Muß er aufgrund einer Verfehlung ein Bußgeld bezahlen, so vermutet er dahinter eine Feindseligkeit. Beruft der Vorgesetzte eine Besprechung ein, dann ist er davon überzeugt, er selbst sei dafür der Grund. Da er an sich selbst keinen Makel erkennen will und auch nicht kann, projiziert er jede wahrgenommene Ungerechtigkeit oder Ungleichheit auf andere. Das kann bis zu paranoiden Zuständen führen. Der Gegner wird zum leibhaftigen Bösen, das es zu vernichten gilt. Jedes Mittel und jede Maßnahme sind in diesem Konflikt gerechtfertigt. Der Narzisst wird bis zum äußersten gehen. Emotionen sind für ihn Tatsachen, und was er als Widerspruch erfährt, nimmt er als Bedrohung wahr. Eine narzisstische politische Klasse sieht den Kontrahenten als Unberührbaren, auch wenn dieser sich eher moderat gibt. Dem Widerstand in seinen vielfältigen Gruppierungen hilft es deshalb wenig, sich voneinander abzugrenzen. Was sich in einer Gesellschaft entwickelt, das man als ganz alltäglichen Wahnsinn bezeichnen könnte, wird vom Narzissten nicht als solcher wahrgenommen. Seine gestörte Psyche ist einerseits völlig anders programmiert als jene eines gesunden Verstandes, andererseits ist das Wahnhafte an ihm sehr gut getarnt.

*

Die meisten Beziehungen sind zeitlich begrenzt. Paare haben sich auseinandergelebt, Arbeitnehmer machen sich selbständig, oder Kinder verlassen das Elternhaus. Diese Trennungen sind einvernehmlich. Beide Seiten haben sich darauf verständigt, oder es gibt Gesetze, welche die Auflösung regeln. Am Ende weiß jeder, woran er ist. Der eine mag seine Entscheidung eines Tages bedauern, der andere wird sich möglicherweise eingestehen, dass er die Hauptschuld an dem Scheitern der Zweisamkeit trägt. Für den Narzissten gilt dies nicht. Da er keine Reue kennt, sind seine Entschuldigungen wertlos. Sie sind nichts anderes als der Versuch, den Mißbrauch fortzusetzen. Seine Partner waren immer nur Objekte zur Benutzung. Ihr Leid und ihr Schmerz waren ihm von Anfang an egal. Wenn er einen Fehler eingesteht, dann ist das nur ein strategischer Trick. Er wird sich nie ändern, auch wenn er es noch so sehr verspricht. Die einzige Möglichkeit, diese toxische Verbindung aufzulösen, ist die einseitige Kündigung durch das Opfer. Immer wieder wird in der Öffentlichkeit die Forderung nach Ermittlungsausschüssen laut, oder es werden Petitionen an diesbezügliche Parlamentsinstitutionen geschickt. Es ist sinnlos, ja fast schon lächerlich. Ein Narzisst ist kein Verhandlungspartner. Um ihn loszuwerden, muß er von der Bühne verschwinden – ein für allemal.

*

Aya legt verärgert das Taschenbuch, in dem sie die letzte Stunde gelesen hat, auf den Wohnzimmertisch.

„Er hat einen Fehler gemacht. Meine Güte, wie dumm diese Schufte in Kriminalromanen doch immer sind!"

Sie liebt diese antiquierte Bücherserie. Es geht wie immer um einen tapsigen Kriminalkommissar, der selbst in allerlei krumme Geschäfte, wie zum Beispiel Bestechung, verwickelt ist. Vielleicht ist der Protagonist bewußt vom Autor so konzipiert, um ihn zunächst zu unterschätzen. Am Ende hat er jedenfalls bis jetzt jeden Gauner zur Strecke gebracht.

„Warum tun wir uns das eigentlich an?"

Ich stelle diese Frage in den Raum, um nicht auf Ayas Lektüre eingehen zu müssen. Sie lenkt sich damit absichtlich von unserem anstehenden Projekt ab.

„Unser Land wird von Fremden überflutet, die unsere Sozialsysteme aussaugen und kein bißchen Dankbarkeit zeigen. Man kann mit Recht sagen, dass wir für unsere eigene Verdrängung bezahlen. Es ist ein ruinöser – um nicht zu sagen pathologischer – Altruismus. Und ich kann mir nicht erklären, woher er so plötzlich kommt. Wir leben in einer säkularen Gesellschaft. Es gibt kein religiöses Gebot, wie etwa die Nächstenliebe, das es verdient, so weit ausgelegt zu werden. Wir haben auch keine Tradition „guter Dienste", um eine Massenimmigration jenseits unseres Eigeninteresses zu rechtfertigen. Und, ja, da ist die historische Schuld. Aber es gibt keinen Grund, sie auf diese Art abzutragen."

„Du hast recht", antwortete Aya spontan, so, als ob sie sich darüber schon zuvor Gedanken gemacht hätte. „Aber der Große Austausch wird auch nicht von der Masse der Bevölkerung bejaht. Es ist das

Projekt einer Elite, die über unsere Köpfe hinweg regiert und dabei auf Methoden zurückgreift, die eines demokratischen Rechtsstaates eigentlich nicht würdig sind. Ich habe dies nun auf sehr höfliche Weise formuliert. Man könnte die Zustände im Land mit Fug und Recht auch direkter ansprechen."

„Aber warum sind die Staaten im Osten des Kontinents so offensichtlich immun gegen diese Politik?"

„Wahrscheinlich gibt es verschiedene Gründe, die zusammenwirken, und man wird vielleicht nie herausfinden, welche Ursache die entscheidende war. Was mir persönlich viel zu wenig Beachtung findet, ist die Tatsache, dass wir empathische Kulturen sind. Sinnbildlich gesprochen, können wir in den Schuhen anderer gehen. Wir sind in besonderer Weise in der Lage, mit anderen emotional in Verbindung zu treten und uns in sie hineinzuversetzen. Das ist nicht selbstverständlich und macht uns gleichzeitig verletzlich."

„Was macht diese Verletzlichkeit genau aus?" frage ich.

„Es ist schwierig für jemanden, Grenzen zu ziehen, wenn er bereit ist, Brücken zu schlagen. In dem Maße, in dem er dieses Engagement erkennen läßt, wird er zum Magnet für alle jene, die ihn ausnützen wollen. Dies ist sicherlich auch der Grund für die mißverständlichen Signale, welche die obersten politischen Funktionäre auf dem Höhepunkt der Invasion aussendeten."

Ich stehe immer noch am Fenster und betrachte die triste Umgebung. Wir leben in einem Hochhaus, das fast ausschließlich von Migranten bewohnt wird. Es herrscht absolute Anonymität, und das ist auch von uns so gewollt.

„Weißt du eigentlich, wem unsere Wohnung gehört?" frage ich Aya.

„Ja, aber du solltest solche Fragen nicht stellen. Nichtwissen macht uns schwerer angreifbar."

Damit hat sie recht. Jede Zelle verfügt nur über das Maß an Informationen, das für die Ausführung ihres Auftrags notwendig ist. Darauf hatten wir uns geeinigt.

*

Immer wieder stellt sich im nicht-etablierten politischen Lager die Frage nach dem Umgang mit dem Gegner. Darf man mit ihm paktieren oder sogar Koalitionen eingehen? Und wenn ja, zu welchen Bedingungen? Es gibt sogar die Überzeugung, der systemtreue Aktivist sei selbst ein Verletzter im Kampf gegen eine meist als konspirativ empfundene Macht. Dies ist ein fatales Mißverständnis. Der Narzisst selbst ist der Feind, und zu dem, das er am meisten haßt, gehören Grenzen. Ich meine damit nicht die Staatsgrenzen, sondern die Grenzen zwischen Individuen und Gruppen. Eine Grenze zu ziehen, bedeutet nicht nur, sich gegen die Manipulation und den schädlichen Einfluß des Täters zu wappnen. Es bedeutet vor allem, „Nein" zu sagen, sich der Aggression im äußersten Fall auch mit Gewalt entgegenzustellen. Der Narzisst wird auf die Verweigerung einer seiner Wünsche anders reagieren als eine reife Person. Eine Zurückweisung bedeutet für ihn eine Aufkündigung der Beziehung zu seiner Person. Er fühlt sich entlarvt und reagiert mit Haß. Das ist seine Natur, und die wird sich nie ändern.

*

Es gibt kleine Mißgeschicke, leidliche Lappalien, die dann immer mehr in den Mittelpunkt des Geschehens rücken und am Ende die gut sortierte Propaganda dieser Gesellschaft eine Zeitlang ins Stolpern bringen. Ausgerechnet wenige Wochen vor der Weltmeisterschaft huldigte ein ausgesprochen talentierter Spitzensportler, der sowohl im Besitz der hiesigen Staatsbürgerschaft als auch jener des Herkunftslandes seiner Eltern ist, seinem Präsidenten. Eigentlich wäre diese Geste keiner Erwähnung wert. Doch es handelte sich bei diesem Staatsoberhaupt eben nicht um „unseren" Grüß-

August, sondern um den autoritären Herrscher im Land seiner Ahnen. Über Jahre hinweg hatten die Gazetten diesen Fußballer als Paradebeispiel gelungener Integration gefeiert, und nun war er sich und seinen kulturellen Wurzeln ärgerlicherweise treu geblieben. Flugs wird ein Treffen mit seinem zweiten, dem von ihm ignorierten Präsidenten arrangiert und – Ondit – , er wurde dort hinter verschlossenen Türen tüchtig gemaßregelt. Das Ende der Anekdote ist schnell erzählt: Unsere Mannschaft schied zum ersten Mal in der Sportgeschichte in der Vorrunde aus, und der Sündenbock war schnell gefunden. Für die Medien war es eine narzisstische Kränkung gewesen. Das in den Himmel gehobene Integrationswunder hatte seine Rolle nicht zum Wohlgefallen der Eliten gespielt. Eigentlich konnte man ihm gar nichts Konkretes vorwerfen. Er war einfach zur falschen Zeit ehrlich gewesen und hatte seine Identität selbst bestimmt. Das Team, das sich ansonsten bei jeder Gelegenheit mit seinem Engagement „gegen Rassismus" dem Zeitgeist angebiedert hatte, verweigerte seinem früheren Star die Loyalität. Er wurde kalt fallengelassen. Über Jahre hinweg hatten seine amourösen Abenteuer mit Frauen, die ihm zuliebe zu seinem Glauben konvertierten, die Klatschspalten der Presse gefüllt. Nach etlichen Schmähungen, falschen Anschuldigungen und Beleidigungen erklärt er den Austritt aus der Nationalmannschaft und schließt die Ehe mit einer Braut aus der Heimat seiner Eltern. Er zeigt Charakter, und ich wünschte, mehr als nur ein einzelner würde das tun. Was hat unser Staat den Migranten zu bieten oder, anders gefragt, warum kommen sie überhaupt zu uns? Das läßt sich nur mit ökonomischen und sozialpolitischen Argumenten überzeugend begründen. Wir haben keine ruhmreiche Vergangenheit, dessen Gloria den Dazugekommenen an einem imperialen Glanz teilhaben läßt. Wir vermitteln keinen Idealismus einer Gesellschaft, die zu neuen Ufern aufbricht. Im Gegenteil, wir zelebrieren einen notorischen Schuldkult, mit dem kein Unbeteiligter in Verbindung kommen will. Diese schlichte Wahrheit hatte der ehemalige Weltmeister zwar nicht ausgesprochen, aber durch sein Verhalten sichtbar gemacht. Das Regime wird ihm das nie verzeihen.

*

Das arithmetische Mittel der Narzissten liegt hinsichtlich ihrer kognitiven Fähigkeiten signifikant unter dem Bevölkerungsdurchschnitt. Natürlich ist dies nicht das einzige Persönlichkeitsmerkmal, und selbstverständlich sind da auch die statistischen Ausreißer nach oben. Aber für eine Vielzahl offener Narzissten bleibt das Problem, ihre Superiorität zu begründen und gegen Konkurrenten zu verteidigen. Ein Teil der besonderen Berechtigung, welche der Narzisst in Anspruch nimmt, findet in der Privatheit statt. So nimmt sich der maligne Narzisst das Recht, seine Kinder oder auch seine Frau zu züchtigen. In der Regel wird er der Versuchung nicht widerstehen können, dies im engsten Kreis bei Gelegenheit hin und wider zu erwähnen. Die Ausübung von Gewalt ist Teil seiner eingebildeten Berufung, und er wird niemals Reue darüber empfinden. Vielmehr sind die Schläge für ihn ein probates Mittel, andere abzuwerten und sich selbst zu idealisieren. Das bringt ihn in die Nähe zum Sadisten, welcher im Gegensatz zu ihm bei der Tat jedoch sexuelle Erregung empfindet. Betrachtet man die Biographien narzisstischer Größen in Wirtschaft, Politik und Medien, so fällt auf, dass diese Lebensläufe in sehr vielen Fällen schwere Fälle von anfänglichen Niederlagen beinhalten. Da ist der mächtige, egomanische Verleger einer Boulevard-Zeitung, der als Sproß einer bürgerlichen Familie nicht zu einem Abitur fähig war. Seinen Reichtum verdankt er einzig und allein der Tatsache, dass er von einer Besatzungsmacht - unter Auflagen - die Lizenz für seine Gazette zuerkannt bekam. Oder man richte seine Aufmerksamkeit auf jenen ausgedienten Präsidenten eines Staatenbundes, der von der Politik lassen wollte und im Wahlkampf seine versammelten Zuhörer ermahnte, doch „anzufangen, zu rufen". Als diese ratlos fragten, was sie denn skandieren sollten, antwortete der Kandidat: „Meinen Vornamen!" Auch bei ihm handelte es sich um einen Schulversager und ehemaligen Kleinstadtrebellen, der auf den verschlungenen Pfaden der Parteipolitik ganz nach oben gekommen war. Ein Narzisst schmückt sich gern mit Titeln. Im Falle unserer Parlamentarier halten diese jedoch häufig einer Überprüfung nicht stand. Manche entpuppen sich als Plagiat, andere akademische Arbeiten verschwinden schon vorher aus den verschiedensten Gründen. Ein besonderer Fall ist die fortgeschrittene Alkoholerkrankung eines prominenten Diplomaten. Auf einem Gipfeltreffen stieg er aus seiner Limousine und wankte in die falsche Richtung. Der versammelten Menge der Gipfelteilnehmer gelang es schließlich, den kurzen Fußweg ihres Vorsitzenden durch laute Zurufe und Armbewegungen zu justieren. Dort begrüßte er die Anwesenden mit dem ihm eigenen Überschwang und fiel fast von der Bühne. Nach der Tagung mußte er in einem Rollstuhl zu seinem wartenden Fahrzeug geschoben werden. Zwei Tage später hielt er eine Pressekonferenz ab, in welcher er seine Kritiker als üble Ehrabschneider brandmarkte. Ein Rückenleiden, verursacht durch einen dreißig Jahre zurückliegenden Unfall, hätte ihm an diesem besagten Tag solche Probleme bereitet, dass er aus Pflichtgefühl und nur zur Rettung des erodierenden Kontinents die Bürde der Teilnahme auf sich genommen habe. Diese Reaktion ist typisch für einen Narzissten. Die Verfehlung liegt nie beim ihm selbst, sondern immer bei finsteren Mächten, die aus dem Hinterhalt agieren. Ein letzter Blick richtet sich noch auf all jene politischen Akteure, welche weder einen Schulabschluß noch eine Berufsausbildung vorweisen können und damit auch sehr offen umgehen. Die moralische Dominanz des Gutmenschen bedarf keiner Schulnoten und auch keiner Meisterprüfung. Sie ist per se unangreifbar.

*

Der Gutmensch schwelgt in der Infantilität, ohne sich dessen bewußt zu sein. Ein Nachbarland hat eine Briefmarke mit einer Comic-Figur kreiert, deren politische Korrektheit nun in Frage gestellt wird. Jener Cowboy, der schneller schießen kann als sein Schatten, stellt Schuften nach und sorgt dafür, dass diese „aufgeknüpft" werden. Tatsächlich hat die Kultfigur widersprüchliche Charaktereigenschaften. Er geht verständnisvoll mit seinem Pferd um, das sich in manchen Situationen klüger erweist als sein Reiter. Andererseits hat er kein Interesse an einer dauerhaften Bindung zu

Frauen außerhalb des Saloons und begegnet den indigenen Urein-wohnern mit knurrendem Mißtrauen. Von „Rothäuten" ist da die Rede, und dieser Jargon geht gar nicht. Der Narzisst pflegt eine neue Kultur der Zensur. Offiziell gibt es diese gar nicht, dabei wird die Liste der verbotenen Bücher immer länger. In vergangenen to-talitären Systemen wurden bestimmte Titel rituell verbrannt, um den neuen Geist der Zeit von verderblichen Einflüssen der Ver-gangenheit zu reinigen. Es war eine Symbolhandlung, und wie ich meine, war sie legitim. Die Bücher waren weiter erhältlich und ihr Besitz erlaubt. Heute gilt dieser bewußte Kulturbruch als ungeheu-erliche Barbarei. Der Narzisst verbindet die Indizierung mit sei-ner Scheinheiligkeit und arbeitet meist im Verborgenen. Was sich aufgrund seiner kulturellen Popularität nicht verbieten läßt, wird korrekturgelesen. Dem Selbstsüchtigen fehlt die Kreativität. Er er-setzt das Schöpferische mit seiner Heuchelei. Ihm ist nicht bewußt, dass sein Anstrich der Besserwisserei nur Kompensation ist. Seine Anschauung ist in seinen Augen so uneingeschränkt gültig, dass sie keine andere Meinung zuläßt. Er kann auf jede Form einer ande-ren Meinung nur mit Empörung reagieren. Wie ein Kleinkind rea-giert er auf Widerlegung mit einer narzisstischen Kränkung. Der Dissident wird zur Unperson degradiert und die eigene moralische Überlegenheit ins Unermeßliche inflationiert. Der Dialog mit ihm ist fruchtlos. Es ist und bleibt verlorene Zeit, auch wenn das man-cher noch nicht verstanden hat.

*

Es bedarf einer semantischen Korrektur des Begriffs Empathie, wel-che an der Thematik an sich nichts ändert, aber die toxische Natur des Narzissten verdeutlicht. Da ist zum einen die hypersensible Em-pathie eines Menschen. Wird er Zeuge eines Unrechts, zum Beispiel des Quälens eines Tieres, so empfindet er den Schmerz, als ob er ihm selbst angetan würde. Diese Personen werden leicht Opfer emotio-naler Ausbeutung. Eine weitere Form der Anteilnahme ist die über-durchschnittliche, aber distanzierte Empathie. Sie prädestiniert ihre Träger für therapeutische Berufe. Der Betreffende hat ein feines Gespür für das Leid seiner Patienten, wird jedoch gefühlsmäßig nicht davon mitgerissen, sondern bleibt in der Lage, rationale Lösungen zu finden. Von all diesen Arten des Mitgefühls unterscheidet sich die sogenannte kognitive oder kalte Empathie des Narzissten. Eigentlich ist dieser Begriff ein Widerspruch in sich selbst. Das narzisstische Einfühlungsvermögen ist nicht authen-tisch, sondern erlernt. Es ist eine Heuchelei, mit welcher der Täter sein Opfer ausbaldowert und jene Informationen sammelt, mit welchen er seine selbstsüchtige Beziehung aufbaut. Das Opfer fühlt sich angenommen und verfängt sich dabei immer mehr in der Täuschung des Heuchlers. Man könnte auch sagen, der Narzisst „spiegelt" sich in seinem Opfer. Er greift gewisse Eigenschaften oder Interessen des Empathen auf und webt sie in seine Masche ein. In manchen Fällen imitiert er sogar dessen Körperhaltung. Dieselbe Masche findet man in der etablierten Politik. Umfragen und statistische Erhebungen kann man leicht manipulieren. Manche finden gar nicht den Weg an die Öffentlichkeit, sondern werden auf unbegrenzte Zeit archiviert. Besonders in Zeiten der Wahlkämpfe erinnern sich die Spitzenfunktionäre an die Nöte der sozial Benachteiligten und arbeiten an Lösungen für Probleme, die sie in Wirklichkeit selbst verursacht haben. Ist das Interesse des Bürgers für bestimmte Themen, wie etwa den Klimaschutz, eher nachgeordnet, so wird dieses vermeintliche Problem medial künstlich ins Zentrum gerückt. Nach den Wahlen ist die Mogelpackung dann vom Tisch, und es geht weiter wie zuvor. Man wird mir entgegnen, dass dies genau jener stets verneinte, machiavellistische Werkzeugkasten sei, auf welchen die Regierenden seit Epochen dankbar zurückgreifen. Dieser Einwand ist berechtigt, doch wenn es um Krieg und Frieden geht, dann wird es ernst. Da Narzissten in der Regel Opportunisten sind, haben sie einen verfeinerten Sinn für die ungeschriebenen Regeln und Gesetze. So ist es durchaus möglich, die Massenmigration im Kontext der Homophobie, der religiösen Intoleranz gegenüber anderen Religionen sowie der Misogynie der Einwanderer im Verhältnis zu Frauen zu kritisieren. Fehlt jedoch dieser kleine Knicks vor dem Thron der Politischen Korrektheit, drohen gesellschaftliche Konsequenzen bis hin zur Vernichtung der wirtschaftlichen Existenz. Das gilt vor allem für ein Land, dessen

Namen ich nicht einmal zu nennen wage. Es ist in seiner Region nicht besonders beliebt, weshalb es anläßlich internationaler Sportwettkämpfe auf einem anderen Kontinent antritt. Eine von mehreren Besonderheiten dieses Staates ist der Einfluß seiner Diaspora auf die westliche Weltmacht. Worauf die ungewöhnlich hohe Geltung seiner Interessen beruht – ob auf der vorzüglichen Arbeit der Lobbyisten oder auf den verschiedenen Netzwerken in den Medien und im akademischen Bereich – läßt sich nicht eindeutig klären. Eigentlich ist die Frage an sich schon ein unverzeihlicher Tabubruch. Tatsache ist jedoch, dass, ungeachtet der Mehrheitsverhältnisse der Parteien und unabhängig vom Kandidaten im höchsten Staatsamt, jeweils die Interessen des kleinen Satellitenstaates jenen des eigentlichen Hegemonen übergeordnet werden. Es scheint, dass wir, wie im vergangenen Jahrzehnt, wieder auf einen Krieg in dieser Region zugehen. Der Narzisst weiß um die wahren Machtverhältnisse. Die Menschenleben auf beiden Seiten der Front sind ihm egal. Er opfert sie auf dem Altar seines narzisstisch manipulierten Patriotismus.

*

Der Narzisst projiziert seine eigenen Gefühle auf sein Gegenüber. Das können positive oder negative Emotionen sein. So, wie seine Persönlichkeit beschädigt ist, werden es jedoch immer wieder anklagende, abwertende und sehr feindselige Affekte sein. Nehmen wir als Beispiel einen Ehemann, der eine sehr enge Beziehung zu seiner Mutter hatte und diese infantilen Wünsche und vor langer Zeit erlebten Frustrationen auf seine Gattin überträgt. Diese partnerschaftliche Beziehung wird für die betreffende Frau sehr anstrengend sein. Es ist dieses Unbehagen am Narzissmus, der sich auf die ganze Familie überträgt und immer aufs neue eskaliert. An dieser Stelle kommen die Projektionen aus der anderen Richtung ins Spiel. Der Gatte, der seine Ehefrau „Mama" nennt, erklärt sich damit selbst zum „Bub", will andererseits jedoch als erwachsener Mann respektiert werden. Beides ist schwer miteinander zu vereinbaren. Ob die Beziehung Bestand hat, hängt vor allem von den Projektionen der Familienmitglieder ab. Die Gattin wird sich vielleicht immer wieder durch Geschenke zurückerobern lassen. Sie wird sich einreden, dass ihr Gemahl am Arbeitsplatz so viele Probleme hat und einiges anderes mehr. Ihre Projektionen bestehen dann möglicherweise aus Mitgefühl oder Fürsorge. Damit wird sie ihren Mann aber nicht ändern. Ihre Gefühle sind nicht angebracht. Am Ende ist es eine persönliche Entscheidung, wie viel ein Opfer in einer narzisstischen Beziehung auf sich nehmen will oder kann. Auf kollektiver Ebene liegen die Dinge anders. Wir hören nicht auf, Hoffnung und naive Gutgläubigkeit auf ein Regime zu projizieren, das nicht müde wird, uns zu betrügen, zu beleidigen und auszubeuten. Es sollte uns bewußt sein, dass das Opfer des Mißbrauchs auch immer eine zweite Option hat. Nämlich endlich zu sagen: Genug ist genug!

*

Aya schenkt sich einen Sherry ein. Ich hole mir ein Bier aus dem Kühlschrank. Wir hatten angefangen, über historische Schuld und ihre Konsequenzen zu reden.

„Die Überlebenden und deren Nachkommen lassen ihre Wut an Völkern aus, die mit den Verbrechen gar nicht in Verbindung standen."

Dabei bezieht sie sich auf einen Medienreport, der überraschend sachlich über den Konflikt im Nahen Osten berichtete.

„Das stimmt, aber ich glaube, man kann den Haß nur aus der besonderen mentalen Disposition dieses Volkes verstehen und nicht so sehr aus dem Geschehen der Vergangenheit. Wenn ein Narzisst eine Kränkung erfährt, reagiert er mit ungewöhnlichem Zorn. Der Affront ist gewöhnlich eine fehlende Bestätigung seines Selbstbildes und die emotionale Reaktion völlig unangemessen. Es ist in dieser Situation praktisch unmöglich, den Konflikt nüchtern zu lösen."

„Du erwartest also, dass die Opfer des Narzissten ruhig abwarten, bis die Rage früher oder später abflaut?"

Sie kichert, so wie sie es immer tut, wenn sie mich nicht ernst nimmt.

„Du verstehst nicht, was hinter dem Jähzorn des Narzissten steht. Er ist Ausdruck eines tiefen Schmerzes: Warum ist die Welt nicht bereit, mich so zu nehmen, wie ich bin? Er hält sich für etwas Besonderes und empfindet für seine Umwelt wenig Anteilnahme. Meist verachtet er alle anderen Menschen. Sein Selbstwert beruht nicht auf der Teilhabe an der Mehrheitsgesellschaft und der damit verbundenen Achtung. Er strebt nach Dominanz, Reichtum und Macht, ist jedoch nicht willens, diese Attribute konstruktiv in den Dienst des Ganzen zu stellen. Wird seiner Selbstverliebtheit nicht immerfort geschmeichelt, erwidert er die Schmähung mit infantilem Haß."

„Aber was ist dann die Lösung?" fragt Aya.

„Das ist das Problem und zwar schon seit Jahrtausenden. Es gibt keine Lösung, jedenfalls keine, die auf einem wechselseitigen Übereinkommen besteht. Die Beziehung zu einem Narzissten ist immer eine Machtfrage. Entweder Du läßt Dich von ihm manipulieren, beleidigen und fügst Dich in Deine vermeintliche Minderwertigkeit oder es bleibt Dir nur die Möglichkeit, die Verbindung zu ihm abzubrechen. Eine Alternative dazu gibt es nicht."

*

Aya und ich gehen am Fluß spazieren. Es ist Wochenende, und viele Familien spielen am Ufer.

„Haßt du Narzissten?" fragt sie mich unvermittelt.

Diese Frage hatte ich mir schon selbst gestellt, und sie ist schwer zu beantworten.

„Es ist sicherlich schwer, für sie Sympathie zu empfinden. Das kann man einfach nicht leugnen. Insbesondere dann, wenn man Opfer ihres Mißbrauchs geworden ist. Andererseits sind sie trotz ihrer triangulären Struktur auch Menschen."

„Mit ihrem Aufbau aus Neid, Wut und Haß richten sie ausschließlich Schaden an. Sie sind Parasiten und empfinden keinerlei Reue für ihr Tun."

In der Nähe läßt ein Junge einen Drachen steigen. Es knistert und knattert, dann stürzt das Fluggerät unvermittelt ab.

„Sie beneiden unsere psychische Einheit, die unter anderem einem zwischenmenschlichen Zweck dient. Dazu sind sie nicht fähig. Das ist der Ursprung ihre Hasses auf uns. Eigentlich sind sie bemitleidenswert."

„Hüte Dich vor Mitleid und Barmherzigkeit im Umgang mit einem Narzissten. Du wärst sein nächstes Opfer."

„Wir müssen zwischen einer gestörten Person und einem gestörten gesellschaftlichen System unterscheiden", gebe ich zu bedenken. „Der Narzisst ist nicht heilbar, und seine verderblichen Einflüsse sind meist nicht strafbar. Es ist, als wenn man in einem Land mit giftigen Schlangen lebt. Man muß auf der Hut sein und sich schützen, so gut es geht. Bei dem politischen Narzissmus ist es anders. Auch er ist nicht therapierbar. Aber der größte Teil der Bevölkerung kann sich von ihm nicht trennen. Es ist nicht möglich, ihm die Gefolgschaft aufzukündigen. Es bleibt nur seine Zerstörung und die Endlagerung auf dem Gebiet der toxischen Ideologien."

Ein paar Schwäne schwimmen in unserer Nähe, aber ich habe die Brotreste in der Wohnung vergessen.

*

Zu den Merkwürdigkeiten jenes Landes, das jetzt im Chaos versinkt, also meiner ehemaligen Heimat, gehört seine jüngere Vergangenheit als demokratischer Musterschüler. Vielleicht hatte der dauernd erhobene Zeigefinger viel mit der Tatsache zu tun, dass wir jene Werte, die wir jetzt so schulmeisterhaft manchen Staaten gegenüber anmahnten, gar nicht selbst erkämpft hatten. Sie waren vielmehr die Folge einer militärischen Niederlage, die mit massiver Gewalt an unserer Zivilbevölkerung verbunden war. Zunächst war es von den Siegern verboten worden, darüber zu reden. Später, im Zuge einer erweiterten Selbstbestimmung, war es zwar erlaubt, die Übergriffe und das damit verbotene Unrecht anzusprechen, aber es wurde nur ungern gehört. Es war auf irgendeine Weise „pfui". Man sprach nicht öffentlich darüber. Wie alle Musterschüler waren auch wir nicht besonders beliebt. Das lag an unserer Arroganz gegenüber den „Bananenrepubliken", denen wir Korruption und Bürgerrechtsverletzungen vorwarfen und die jetzt mit ungläubigem Staunen Zeugen unserer Selbstzerstörung werden und hilfsbereit darüber debattierten, wie viele unserer Bürger sie aufnehmen könnten oder wollten. Wir waren auf Bedingung Entlassene gewesen und hatten dies mit Überheblichkeit und Altruismus kompensiert. Unsere neuen Eliten verteilten großzügig unser Geld und wurden als Gegenleistung mit einem der vielen Sitze in internationalen Räten belohnt. Aber es war nicht nur die übertriebene innere Kritik gewesen, welche uns zu Geiseln eines Schuldkultes werden ließ, sondern auch die narzisstische Dynamik unseres Kollektives. Es gibt Gemeinschaften, die ihr äußeres Ansehen über das Wohl ihrer Angehörigen stellen. Das gilt für einzelne Familien genauso wie für Kirchen und ihre zögernde Aufarbeitung von Fällen des Mißbrauchs von Schutzbefohlenen. Solche Gruppen sind toxisch. Sie versprechen keine gedeihliche Entwicklung und beruhen auf der Basis der Heuchelei. Letztlich scheitern sie bei der Aufarbeitung innerer Probleme. Sie kennen nur den Untertan und den Ketzer. Dazwischen darf es nichts geben, sonst ist die Fassade beschädigt.

*

Ich habe noch nie erlebt, dass auf die Bevölkerung ein derartiger Druck ausgeübt wurde, sich hinter die politische Agenda der Regierung zu stellen. Unbeteiligtes Schweigen wird nicht toleriert, weder beim Angestellten im Öffentlichen Dienst noch beim Auszubildenden der großen Konzerne. Besonders hart trifft es die Prominenz aus Sport und Unterhaltungsindustrie. Während die Sportler den Kotau meist als ganze Mannschaft oder Verein hinter sich bringen, müssen die Künstler meist persönlich Abbitte leisten. Manch oberflächlichem Komödianten fällt das von Natur aus leicht. Bei anderen braucht es vor und wohl auch hinter den Kulissen mehr Nachdruck. Eine, die vergleichsweise spät umfiel, war eine im Ausland weitgehend unbekannte Sängerin, die gleichwohl zu den zehn weltweit höchstbezahlten Stars zählte. Ich hatte ihre Musik nie gemocht, und die etwas gestellt wirkende Harmonie ihrer Auftritte war mir zu glatt und eingeübt. Sie hätte sich darauf berufen können, dass sich niemand in unserem Land vor einen politischen Wagen spannen lassen muß. Angesichts ihres Vermögens hätte sie sich auch ausdrücklich verweigern können. Die finanziellen Einbußen hätten sie nicht existentiell getroffen. Aber sie hat dennoch gegen die Freiheit entschieden und sich der Obrigkeit angedient. Ihre Gage war ihr Preis. Für dieses Geld war sie zu haben. Wie ein Preisschild ist ihr dieser Betrag auf die Stirn geheftet. Natürlich ist sie nicht die einzige. Die meisten Bürger müssen auf die eine oder andere Art in dieser Zeit ein Zugeständnis machen. Viele davon könnten sonst mit ihren Familien gar nicht überleben. Täglich, wenn ich mit allen möglichen Menschen zu tun habe, stellt sich mir ein und dieselbe Frage: „Was ist Dein Preis?"

*

Aya steht am Fenster und schaut auf den öffentlichen Platz vor unserer Wohnsiedlung.

„Lebenslänglich ohne Aussicht auf vorzeitige Entlassung. Und das alles, obwohl es weder an einem der Tatorte Spuren von ihr gab, noch dass sie dort von Zeugen gesehen wurde."

„Das Urteil stand schon vor Prozeßbeginn fest. Ich habe dem Schauprozeß so gut wie keine Aufmerksamkeit geschenkt."

„Der Höhepunkt war für mich das Eingeständnis der Staatsanwaltschaft, dass einer der aufgelisteten Zeugen gar nicht existiert. Manchmal kann einem die Justiz mit ihrer ungelenk daherkommenden Peinlichkeit einfach nur leid tun."

Ich gieße mir, am Eßtisch sitzend, noch eine Tasse Tee ein.

„Ein gespenstisches Schauspiel hat da der Staat über sieben Jahre hinweg geliefert. Da soll also eine rechtsextremistische Untergrundgruppe über Jahre hinweg durchs Land gezogen sein und insgesamt zehn Menschen mit Migrationshintergrund erschossen haben. Dazu kommt noch eine Polizistin, angeblich, um an deren Waffe zu kommen. Dabei hatten bereits sämtliche Mitglieder der Gruppe mindestens eine Schußwaffe und die Möglichkeit, illegal weitere zu beschaffen. Die ermordeten Migranten kommen mit einer Ausnahme alle aus demselben Land. Der größte Teil von ihnen gehört jedoch einer ethnischen Minderheit an, die ihrem Herkunftsland feindlich gegenübersteht."

Aya setzt sich zu mir an den alten Holztisch.

„Wahlloser Massenmord läßt sich einfacher bewerkstelligen. Warum über einen langen Zeitraum teuer und weit reisen, wenn am Ende ohnehin der Selbstmord steht? Das wäre nur sinnvoll, wenn die Opfer Schlüsselfiguren gewesen wären. Dann wäre der Aufwand gerechtfertigt gewesen."

„Die Opfer kommen fast alle aus ein und demselben Herkunftsland. Warum ist der Haß so auf diese Gruppe verengt?"

Ich gehe in die Küche und hole Orangensaft aus dem Kühlschrank.

„Das ließe sich noch verstehen, wenn die Täter als Heranwachsende besonders unter dieser Einwanderergruppe gelitten hätten. Aber in jenem Teil unseres Landes, in welchem sie aufwuchsen, gab es diese Migranten gar nicht."

Ich merke sehr deutlich, dass Aya keinen Respekt für diese Aktivisten hat.

„Fast täglich begehen Linksextremisten Straftaten bis hin zum versuchten Mord, etablierte Politiker und Journalisten der Leitmedien sind unbeliebt wie nie zuvor, unter den Massen der Einwanderer gibt es alle Hautfarben und Religionen, aber all diese potentiellen Ziele ihrer angeblichen Ideologie interessieren sie nicht."

„Dazu kommen noch die Rolle der Geheimdienste und die Regalmeter von Akten, die erst in 125 Jahren veröffentlicht werden dürfen."

„Tut Dir die Hauptangeklagte leid?" frage ich Aya.

Sie schweigt lange.

„Sie wird in acht Jahren eine neue Identität bekommen und wahrscheinlich das Land verlassen."

Nochmals macht sie eine Pause und denkt längere Zeit nach.

„Ich kann weder sie noch ihre beiden Liebhaber verstehen. Im Augenblick frage ich mich, ob sie überhaupt nach deren Tod getrauert hat."

*

Ich will nochmals auf den Lampenschirm der Ilse K. zu sprechen kommen. Die meisten Zeitgenossen – auch die kritischen unter ihnen – meiden diese Thematik. Das hat nicht nur mit dem gesetzlichen Redeverbot zu tun. Die Einstellung erinnert an den Satz: Die Zeit heilt alle Wunden. Man bemüht sich um eine scheinbare Normalität und hofft, dass am Ende nur noch eine Narbe von all dem übrigbleibt, was im Raum steht. Der sprichwörtliche Elefant steht in der Küche. Man hört das Tier und die Schäden, die es anrichtet. Hin und wieder streckt es seinen gewaltigen Rüssel durch den Türrahmen und überschüttet die Hausbewohner mit einem Schwall Wasser. Doch alle tun so, als sei da gar kein Elefant. Das ist die falsche Reaktion auf narzisstischen Mißbrauch. Niemand kann sich die Kultur, das Land oder die Gesellschaft aussuchen, in die man hineingeboren wird. Genau dasselbe gilt für die Eltern. Einem narzisstischen Arbeitgeber kann man kündigen, einem gestörten Partner kann man den Laufpaß geben. Kinder haben zwar Rechte, meist aber nicht die Macht, diese durchzusetzen. Sie durchlaufen eine Phase, in welcher sie der Willkür ausgesetzt sind, ähnlich wie ein Volk, das seiner Souveränität beraubt wurde. Narzisstische Eltern übertragen ihre negativen Emotionen unausgesprochen. Sie werden auf einer unsichtbaren Ebene übertragen: durch Vernachlässigung, Prügel, Abwertung und andere Methoden. Manchmal verbergen sie sich in Äußerungen, die zunächst positiv gemeint scheinen. „Ich liebe Dich, weil Du meine Tochter bist", ist solch eine Aussage. Wenn das Kind nicht die Tochter wäre, dann wäre sie für ihre Eltern bedeutungslos. Das gilt auch für die Herrschaft in einer narzisstischen Gesellschaft. Der oberste Zirkel spricht nicht offen von der Verworfenheit der Untertanen. In einem historischen Fall, der gar nicht so lange zurückliegt, ließ sich ein Despot kurz vor seinem Fall sogar zu dem Satz „Aber ich liebe Euch doch alle!" hinreißen. Kein Autokrat wird offen seine Freude am Leid seines Volkes zeigen. Er wird die Früchte seines Hasses vielmehr in das Unbewußt-Sein seines Opfers säen. Und der Begriff „säen" ist hier fast wörtlich gemeint. Mit dem Erwachsenwerden entwickelt sich unsere Persönlichkeit zu einem blühenden Garten. Ein Teil dieser Grünanlage besteht aus genetischen Eigenschaften und Fähigkeiten, die zu uns gehören, in dem Sinne, dass sie in uns selbst angelegt waren. Viele Opfer von Narzissten merken erst spät, dass Teile ihres Selbst auf die Manipulation durch Personen zurückgehen, die zu positiver emotionaler Teilnahme nie fähig waren. Ein besonders wirksames Beispiel für diese böse Saat ist die Scham. Der Narzisst erzieht zu dem Bewußtsein, wertlos zu sein. In der Politik ist es nicht viel anders. Angeblich ist das monumentale Stelenfeld nur ein Teil unserer sogenannten Erinnerungskultur. Tatsächlich ist es eine unübersehbare Monstranz des Selbsthasses. Der Narzisst neigt wenig zur Auseinandersetzung mit seinem psychologischen Schatten. Man könnte das mit einem schlecht ausgeleuchteten Keller vergleichen, in dem sich eine ganze Reihe unappetitlicher Kreaturen tummelt. Er hält sich lieber durch Projektion dieses Unrates auf seine Opfer schadlos. Insofern sagt die aufoktroyierte Scham mehr über das Wesen der Regierenden aus als über das Volk selbst. Das Opfer narzisstischen Mißbrauchs wird gut daran tun, mit großer Sorgfalt zu entscheiden, was zu ihm gehört oder was ihm untergeschoben wurde. Gartenarbeit besteht vor allem auch aus Jäten.

*

Da der Narzisst nicht in der Lage ist, empathische Gefühle aus sich selbst heraus zu äußern, bleibt er diesbezüglich auf Schauspielerei angewiesen. Das wirkt manchmal etwas aufgesetzt. Ich wurde Zeuge dieser Theatralik, als ein Bekannter seinen Schwiegereltern ein Geburtstagsgeschenk an deren Tochter präsentierte. Er hob ihre Hand mit dem goldenen Armreif, kniete nieder und verkündete wiederholt: „So sehr liebe ich meine Gemahlin." Dabei schmatzte er den Unterarm mit Küssen bis zum Ellbogen ab. Den betreten wirkenden Verwandten wurde verschwiegen, dass es sich bei diesem Schmuckstück nicht um das einzige Geschenk handelte. Vor wenigen Tagen hatte der Gatte eine kostspielige neue Küche installieren lassen, in der die Holde von nun an bewußter ihrer Rolle als verlängerter Mutterersatz ihres Gemahls gerecht werden konnte. Großes Kino bietet in dieser Zeit auch die Justiz. Die Vergangenheit darf nicht ruhen, und so werden senile Greise vor den Kadi gezerrt, welche in vielen Fällen gar nicht mehr verhandlungsfähig sind. In einem Fall mußte der krebskranke Angeklagte im Krankenbett in den Gerichtssaal geschoben werden. Viele von ihnen wurden schon vor Jahrzehnten für ihre tatsächlichen oder vermeintlichen Vergehen im Ausland verurteilt. Bei anderen ist die Identität ungeklärt. Manchmal steht gar nicht fest, ob sie zur gegebenen Zeit vor Ort waren. Die gleichgeschalteten Medien verleihen den Alten klangvolle Beinamen wie „der Todesengel" oder „der

Schreckliche". Wenn sie auf der Anklagebank kollabieren, wird das als Folge der Konfrontation mit ihrer ungeheuerlichen Schuld interpretiert. Die Möglichkeit, die erhobenen Vorwürfe auf ihren Wahrheitsgehalt überprüfen zu lassen, haben weder sie noch ihre Anwälte. Am Ende erscheint auf der Bühne eine aus der Ferne angereiste Nebenklägerin, welche der Unmenschlichkeit des Täters demonstrativ Barmherzigkeit entgegenstellen will und lauthals ruft: „Ich verzeihe ihm!"

*

Hin und wieder mache ich mich über die Entwicklungen in meiner ehemaligen Heimat kundig. Die Millionen von Migranten haben eine Wohnungsnot in bisher unbekannter Höhe mit sich gebracht. Der Staat kann für die Neubürger gar nicht so schnell Unterkünfte bauen, wie er sie immer noch in unseren Staat eindringen läßt. Die Propaganda reagiert schnell und läßt verlauten, es gäbe gar keinen Nachfrageüberhang auf dem Immobilienmarkt. Vielmehr sei der Wohnraum falsch verteilt. Zu viele Alleinstehende, vor allem ältere Menschen, würden zuviel Wohnfläche für sich beanspruchen. Zuerst trifft es die Personen ohne Wohneigentum und Vermögen. Sie werden ganzjährig in abgewrackte Wohnwagen auf separaten Zonen regulärer Campingplätze umquartiert, während ihre bisherigen Wohnungen an Migranten mit Familiennachzug vergeben werden. Aber auch Vermögende, sofern sie nicht schon im Exil leben, sind vorgewarnt. Vor etlichen Jahren hatte die Linke ihrem geschichtlichen Subjekt, also der Arbeiterklasse, grußlos den Rükken gekehrt. Programmatisch diente man sich dem Feminismus, einem berechtigten, aber falsch begründeten Pazifismus, allen nur denkbaren Minderheiten sowie den anmaßenden Forderungen der illegalen Eindringlinge an. Jetzt besinnt sich der linke Flügel des politischen Systems auf seine traditionellen Grundlagen zurück. Enteignungen sollen die Lage entschärfen. Damit ist nicht etwa die Verstaatlichung des Produktionskapitals gemeint. Das arbeitet noch einigermaßen effizient und finanziert so das Projekt des sogenannten demographischen Wandels. Als gesellschaftliche Nebenwirkung ist es jetzt für die jungen Erwachsenen sehr schwierig geworden, eine Unterkunft zu finden, selbständig zu werden und eine eigene Familie zu gründen. Die Geburtenrate der angestammten Bevölkerung sinkt immer weiter. Ein Volk löscht sich aus wie eine heruntergebrannte Kerze.

*

Zu den Kritikern unserer desaströsen politischen Situation gehören auch jene, die sich als „konservativ" bezeichnen. Sie sind kein monolithischer Block. Meist haben sie einen konfessionellen Bezug oder machen sich auf eine Art und Weise für das ungeborene Leben stark, welche die Lage der betroffenen Frauen weitgehend außer acht läßt. Auch wenn sie von den Schlägerbanden des Systems genauso verfolgt werden wie alles, das irgendwie „rechts" ist, reichen sie dennoch in die Mitte der etablierten Politik hinein. Ich nehme ihre Publikationen ernst, denn sie sind bar jener extremistischen Flausen, die untergegangene Reiche beschwören oder auf andere Art ans Groteske grenzen. Was sie in Wirklichkeit wollen, ist die Rückkehr der „guten alten Zeit". Meist sind damit die fünfziger Jahre gemeint, also eine Zeit des Aufbaus und der festgefügten Sitten. Und auch sie kommen nicht ohne einen Schuldigen aus, der dieses Goldene Zeitalter mutwillig zerstört haben soll. In diesem Sinne wirken sie wie ein Kind, das ein Spielzeug zurückhaben will, welches ihm ein anderer weggenommen hat. Der Sündenbock sind die 68er, jene länderübergreifend agierenden Rebellen, welche ihrer Elterngeneration konsequent den Rücken kehrten. Ihnen wird der Verfall der Konventionen zur Last gelegt und vieles mehr. Manche der Rückwärtsgewandten stoßen sich an Bagatellen. Die Lehrer hätten damals begonnen, sich auf das Pult zu setzen, beklagt ein Zeitzeuge, und ein anderer will einen Zusammenhang mit der Kommerzialisierung der Erotik und den partnerschaftlichen Experimenten dieser Epoche erkennen. Ich selbst kann mit den Konservativen und ihren restaurativen Umtrieben wenig anfangen. Um in der Vergangenheit ein verlorenes Paradies zu suchen – wann auch immer dies gewesen sein soll –, braucht es ein erhebliches Maß an Eigensinn und Selbsttäuschung. Und wahrscheinlich ist auch ein bißchen Feigheit dabei, den Schritt zu einer grundsätzlichen Erneuerung zu wagen.

*

Es war ein sonniger Frühlingstag. Nur meine Pollenallergie machte mir zu schaffen. Aya und ich saßen auf der Terrasse eines Cafés.

„Weißt Du, was der politische Narzisst bis aufs letzte verteidigen wird?" frage ich Aya.

Sie trägt eine modische Sonnenbrille. Ich kann die Augen dahinter nicht sehen.

„Was?"

„Seine Propagandamaschinerie", gebe ich zurück. „Sie ist sein liebstes Spielzeug und seine gefährlichste Waffe. Mit ihr kann er zielgerichtet politische Meinungen und Sichtweisen formen. In dem Maße, wie er Erkenntnisse manipuliert, kann er die Bevölkerung in ihrem Verhalten wie eine Hammelherde vor sich hertreiben."

„In diesem Sinne sind wir so gut wie unbewaffnet. Wir haben ihm fast nichts entgegenzusetzen."

„Das Regime ist in diesem Informationskrieg immer noch übermächtig, aber die Waage neigt sich zu unseren Gunsten."

Der Kellner bringt meinen Campari und Ayas Espresso.

„Bedenke bei Deinem Optimismus bitte, dass wir demographisch ein sehr enges Zeitfenster haben", erklärt sie.

Sie hat den kompletten Papierbeutel Zucker in die Tasse geschüttet und dadurch einen kleinen Eisberg erzeugt, der jetzt unter der cremigen Oberfläche versinkt.

„Unsere eigene Öffentlichkeitsarbeit – das ist im Grunde genommen natürlich auch Propaganda – ist sehr effektiv. Das hat nicht nur mit den Fehlern der etablierten Medien und dem dadurch erschütterten Vertrauen der Bevölkerung zu tun, sondern weil wir weit näher an der Realität sind. Die alternativen Medien haben im Vergleich zum System lächerlich kleine Finanzmittel, und entsprechend amateurhaft treten sie auf. Zu vielen wichtigen Quellen haben sie keinen direkten Zugang. Sie hatten nicht die Zeit, inoffizielle Netzwerke zu schaffen. Ich will die Lage nicht schönreden, aber die Menschen können gar nicht anders, als auf diesem einen Planeten zu existieren. Egal wie viele Nebelkerzen noch gezündet werden, die Bürger können es sich nicht leisten, den Bezug zur Wirklichkeit zu verlieren. Der Narzisst redet uns ein, dass wir in einer Welt der Konstrukte leben. Das ist teilweise sogar richtig. Aber jenseits dieser Interpretationen gibt es einen unerbittlichen Maßstab: die Realität. An ihr scheitert jede falsche Versprechung und jede noch so hypnotische Verblendung. Der Narzisst kann den Erfolg seiner Einflußnahme messen, indem er Leerstellen läßt und sein Opfer von sich aus die von ihm erwünschten Begriffe einsetzt. Wenn jedoch klar wird, dass die Aussagen auf diese Art, also jenseits der Beziehung zum Narzissten, keinen Sinn machen, dann fliegt der Schwindel auf.“

Der Kellner will abkassieren. Und während sich am Nebentisch eine unsympathische Gruppe von lärmenden Mitbürgern niederläßt, stehen wir auf und gehen.

*

Vor wenigen Tagen verstarb ein weltbekannter Modeschöpfer. Spät erkannter Bauchspeicheldrüsenkrebs hatte ihn innerhalb weniger Wochen aus dem Leben gerissen. Sein Bekanntheitsgrad begründete sich nicht nur durch seine Kreativität, sondern auch durch seine Selbstinszenierung: der gepuderte Zopf, die dunkle Brille – angeblich, um einen Sehfehler zu korrigieren –, die schwarze Krawatte, der charakteristische Vatermörder-Kragen, Handschuhe sowie ein Fächer, um Blitzlicht und Tabakschwaden abzuwehren. Auf den ersten Blick wirkte er wie die Personifizierung eines Narzissten. Aber je mehr Details aus seinem Privatleben an die Öffentlichkeit gelangten, desto mehr verflüchtigte sich dieser Verdacht. Seinen an einer unheilbaren Krankheit infizierten Lebensgefährten pflegte er aufopfernd bis an dessen Ende. Er pflegte nach dessen Ableben von einem ungewöhnlich edlen Menschen zu sprechen, wie er wohl nie wieder einem begegnen würde. Die Liebschaften bis zu seinem Lebensende blieben oberflächlich. Jahrzehntelang schien er von einer tiefen Trauer begleitet zu sein. Trotz seines extravaganten Lebensstils blieb er sich immer treu. Als ihn die etablierte Politik vereinnahmen wollte, äußerte er seine Abscheu vor deren Führungsfigur so unmißverständlich, dass entgegen allen diplomatischen Gepflogenheiten weder der Erste Mann im Staat noch die Regierungschefin anläßlich seiner Beisetzung im kleinsten Freundeskreis kondolierten. Egozentrischer Individualismus muß kein Zeichen von Narzissmus sein.

*

Ein Begriff ist in ganz besonderem Maße zum Politikum geworden: das Volk. Die Römer unterschieden zwischen „plebs" und „populus", aber das war eher ein Disput des zwanzigsten Jahrhunderts, als kommunistische Staaten sich als „Volksrepubliken" bezeichneten. In Zeiten der illegalen Massenimmigration ist das Problem anders gelagert. Der Unterschied zwischen den Eigenen und den Fremden soll aufgehoben werden. So hatte die Regierungschefin einst erklärt, dass für sie alle Personen zum Volk gehörten, welche sich im Lande aufhielten. Damit hatte sie dreist die Verfassung ignoriert, welche das Staatsvolk eindeutig und völlig anders definiert. Andere Vertreter des Establishments leugnen die Existenz von Völkern ganz einfach ab. Damit könne es auch keinen Verrat am Volk geben, argumentieren sie. So weit würde ein Narzisst nicht unbedingt gehen. Seine Beziehung zur Gemeinschaft ist, wie auch zu Personen, mit wenig Anteilnahme verbunden. Die Gewöhnlichkeit eines großen Teils seiner ethnischen Angehörigen ist dem Narzissten ein

Graus. Nicht selten bekennt er sich deshalb zu universalistischen Prinzipien oder blutleeren Ideologien. Manchmal wechseln Menschen aus finanziellen Gründen, zum Beispiel zur Steuerersparnis, die Staatsbürgerschaft. Das ist legal, aber der Reisepaß und die Zugehörigkeit zu einem Volk sind nicht dasselbe. Letzteres setzt ein gemeinsam durchlebtes oder durchlittenes Schicksal voraus. Es bedarf einer gewissen kulturellen Nähe und einer generationenübergreifenden Bereitschaft, sich einzufügen. Und dann ist da die Macht, auf die der Narzisst vertraut und welche das Volk ihm strittig macht. In den Republiken ist das Volk der Souverän. Es ist ein Konstrukt, das auf Selbstbestimmung beruht. Manche Kulturen definieren sich über eine patrilineare Abstammung, andere über Religionsgesetze und wieder andere durch den Geburtsort. Zwar mögen Völker zeitweilig beherrschbar sein, und zu allen Zeiten wurden ihre Angehörigen von der Obrigkeit manipuliert. Aber das Volk kann auch aufbegehren und rebellieren. Es kann die Herrschaft stürzen, und das macht es ein Stück weit unberechenbar. Ein narzisstischer Staat kann auf Zensur und Kontrolle deshalb nicht verzichten. Er ist als freiheitliches Gemeinwesen gar nicht möglich. Dieses Gären und die wachsende Bereitschaft zum Ungehorsam in der derzeitigen Bevölkerung ist letztlich auch der Grund des Selbsthasses unserer Staatsvertreter. Was sie möglicherweise schon bald nicht mehr überwachen können, das wollen sie vernichten.

*

Am Anfang steht die Intuition. Personen, deren Charakter einem beschädigten Betriebssystem gleichen, lassen sich in der Regel nicht auf Anhieb erkennen – dazu ist ihre Tarnung meist zu geschickt –, aber sie lassen sich erahnen. Es stellt sich oft sehr bald ein Unwohlsein ein, das man sich nicht schlüssig erklären kann. Ihre Höflichkeit scheint erlernt, ihr Wohlwollen übertrieben und ihre Erlesenheit unnatürlich. Es ist ein Fehler, dieses Bauchgefühl als unbegründet abzutun. Tatsächlich ist dieser sechste Sinn überlebenswichtig. Er ist es, der uns zweifeln läßt und hellhörig macht. Es sind feine Antennen, die unmerkliche Dissonanzen aufzeichnen und uns aufgrund ihrer Hartnäckigkeit gegen toxische Beziehungen schützen. Auf gesellschaftlicher Ebene verleiten sie uns dazu, am Lack der politischen Angebote zu kratzen. Graben wir etwas tiefer in den Versprechungen sozialistischer Ideologien, welche im wesentlichen vorgeben, eine soziale Gerechtigkeit zu fordern, dann kommt eine Motivation zum Vorschein, die auf den Plakatwänden dieser Parteien wohlweislich unerwähnt bleibt: der Neid. Nicht anders verhält es sich mit jenen Volksvertretern mit dem ökologischen Heiligenschein. Ihr Antrieb ist die Hysterie, gepaart mit dem Haß auf das Eigene. Die Fachwissenschaft spricht etwas gestelzt von der Selbstimmanenz des Narzissten. Er ist unfähig, etwas anderes als sich selbst als Ideal anzunehmen. Seine ideologischen Bekenntnisse sind nichts anderes als heiße Luft.

*

Zur Opposition gegen die Invasion der Fremden hatte bis zu ihrem Verbot eine „Patriotische Organisation wider die Islamisierung" gehört. Nicht alle ihrer Programmpunkte waren falsch oder irrelevant. Doch die Vorstellung einer gesellschaftlichen Neuordnung im Sinne einer Kultur, welche Staat und Religion nicht strikt trennte, lag weit in der Zukunft. Der Islam gehörte zwar nie – zumindest im friedfertigen Sinn – zu Europa, das galt allerdings auch für die Wurzeln des Christentums. Man hatte sich über die Jahrhunderte hinweg vielmehr an letzteres gewöhnt und sich damit arrangiert. In unserem Land sind die Kirchen die spirituelle Speerspitze des Hasses auf das eigene Volk geworden. Und auch hier hat der Narzissmus Einzug gehalten und zentrale Begriffe verzerrt. Die Beispiele dazu sind fast zahllos. Ich möchte nur einen einzigen davon zur Illustration herausgreifen. Eine junge Frau aus dem systemtreuen Milieu nahm die Mitfahrgelegenheit eines Migranten an und wurde daraufhin wochenlang vermißt. Schließlich wurde sie tot und mißbraucht aufgefunden. Fälle dieser Art ereignen sich täglich, und eine gewisse Vorsicht ist keineswegs unangemessen. Aufgrund der Brisanz dieses einen Falles äußerte sich auch ein Kardinal: „Die Frau könnte noch unter uns weilen. Aber wäre das

Leben des Opfers tatsächlich reichhaltiger gewesen, wenn es von Mißtrauen erfüllt gewesen wäre?" Man ist geneigt, Hochwürden darauf hinzuweisen, dass es zumindest länger gewesen wäre. Aber darum geht es in Wirklichkeit gar nicht. Die narzisstische Struktur des Geistlichen zeigt sich in seinem moralischen Imperativ. Es sind seine Maßstäbe, für welche er unbedingte Geltung gebietet. Das Leid des Opfers ist für ihn ohne Belang. Einem Menschen mit Empathie wäre es ratsam erschienen, auf Risiken hinzuweisen und die eigene Unversehrtheit in den Mittelpunkt zu rücken. Der Geistliche, der die Nächstenliebe auf alle und jeden – ohne Rücksicht auf die Gefahren – fordert, ist dazu nicht fähig. Damit sind aber auch seine vorgeschobenen Gebote wertlos.

*

Die medialen Begriffe einer Zeit zeugen von der Intention der Machthaber. Das Wort „kinderlos" wird jetzt durch „kinderfrei" ersetzt. Die Begründung schwankt zwischen einem schalen Lifestyle und klimapolitischem Unsinn. Unter die Haut geht mir diese abgegriffene Massenmanipulation schon lange nicht mehr. Da steckt noch etwas anderes in dieser Thematik, das sich noch nicht entpuppt hat. Es darf noch nicht ans Licht, aber hier und da hat sich schon einer damit vorgewagt. Eine unverheiratete, prominente Schauspielerin hat zwei Kinder, einen Knaben sowie ein Mädchen, adoptiert. Jetzt hat sie einer Zeitung „sensationelle" Einblicke in ihr Privatleben gewährt. Sie spricht von ihren „beiden Töchtern", da sie den Jungen als Mädchen aufwachsen läßt. Angeblich hat er ihr im Alter von drei Jahren erklärt, dass er eigentlich weiblich sei. Das Jugendamt kümmert das nicht, und die choreographierte Öffentlichkeit applaudiert. Sie habe den Mut bewiesen, überholte Geschlechterrollen zu ignorieren. Das ist der einstimmige Tenor. Etwa zeitgleich veröffentlicht eine parteinahe Stiftung eine reich-illustrierte Broschüre zum Thema „Aufklärung in Kindergärten und Schulen". Wo Symbolbilder genügt hätten, wird explizites Fotomaterial verwendet. Das Impressum nennt keinen Fotografen, und unter den Bildern ist ebenfalls keine Quelle angegeben. Die Handlungen wirken arrangiert, ohne dass zu erkennen ist, wer Regie führt. Die Sprache ist plump und abstoßend. Auf einer Abbildung ist der Bildausschnitt so gewählt, dass eine Hand in das Geschehen reicht, welche sich keinem der Kinder zuordnen läßt. Um das Kindeswohl von Anvertrauten geht es nicht mehr. Es werden scheinbar mündige Objekte für die schutzlose Benutzung geschaffen.

*

Aya gießt die Pflanzen in unserem Wohnzimmer. Wie immer spricht sie bei dieser Gelegenheit ein paar Worte mit dem Gummibaum. Dann bekommen er und der Rest der Botanik noch einen feinen Sprühnebel aus einem Zerstäuber.

„Ich habe nochmals über den Haß unserer Eliten auf das eigene Volk nachgedacht."

„Darüber haben wir doch schon so oft gesprochen", antwortet sie genervt.

Wir haben uns geeinigt, uns auf die kommende Aktion zu konzentrieren und wollen eigentlich nicht länger Theorien wälzen.

„Es gibt mindestens eine offene Frage: Wenn der Narzisst zu echter Verbundenheit nicht fähig ist, warum muß er dann hassen? Er hat auch die Möglichkeit, Gleichgültigkeit zu zeigen. Auch das ist eine Form der Bestrafung. In Klassengesellschaften ist es nicht unüblich, dass die Oberschicht sich vornehmlich an den eigenen ökonomischen Interessen orientiert und ansonsten zu den niederen Schichten Distanz hält. Man trifft sich in exklusiven Clubs oder beim mondänen Pferderennen, oder man vertieft sich in eine neofeudale Gartenarchitektur. Man hebt sich vom gemeinen Volk ab, aber man haßt es nicht."

„Und was ist Deine Erklärung?" fragt Aya.

„Es sind zwei Gründe."

„Und die wären?"

„Der erste hängt mit der Selbstüberschätzung des Narzissten zusammen. Durch sein aufgeblasenes Selbstwertgefühl, das auf einer Deformation seiner Persönlichkeit beruht und nicht ausschließlich auf objektiven Erfolgen, ist er gegen Mißerfolge weitgehend immunisiert. Stell Dir einen Schüler mit einem gesunden Selbstvertrauen vor, der sich mit enttäuschenden Zeugnissen konfrontiert sieht. Er wird sich eingestehen müssen, dass er in letzter Zeit zu wenig Fleiß in seine Prüfungsvorbereitungen investierte. Er wird sozusagen immer wieder auf den Boden der Realität zurückgeholt. Nicht so der Narzisst: Er wird die Schuld auf die Lehrer schieben oder sich diskriminiert fühlen. Jedenfalls wird er die Schuld nicht bei sich selbst suchen. Schon das erzeugt ein Gefühl der Verbitterung. In unserer politischen Führung hat sich eine Art Hybris eingeschlichen. Weil sie sich für die höchsten Herausforderungen berufen fühlt, liegt die Verantwortung für Mißerfolge immer bei anderen."

„Und was ist der zweite Grund?"

„Der Narzisst schwankt zwischen zwei Polen. Da ist die Neigung, bestimmte Personen zunächst zu idealisieren. Diese hält jedoch nur so lange an, wie die entsprechende Person den Maßstäben des Narzissten gerecht wird. Ist dies nicht mehr der Fall, dann ist die Beziehungsperson nicht länger eine Verlängerung des in seiner Persönlichkeit gestörten Menschen. Sie wird entwertet und fallengelassen. Der Narzisst lebt nicht in Harmonie mit der Wahrheit. Er ist nicht in der Lage, zu differenzieren. Ich hatte häufig das Gefühl, dass die Nestbeschmutzer von heute in der Vergangenheit die radikalsten Eiferer gewesen wären."

„Das kann gut sein", antwortet Aya nachdenklich. „Der Narzisst ist politisch nicht eindeutig positioniert. Er kann heute das sein und morgen jenes. Sein beschädigtes Selbst kennt keine Stabilität."

*

„Wer einmal lügt, dem glaubt man nicht, auch wenn er dann die Wahrheit spricht." Diesem alten Sprichwort schenkt der Narzisst keine Beachtung. Er stellt sich die Wahrheit als einen groben Holz-klotz vor, der allenfalls hin und wieder der Bearbeitung bedarf. Da wird an den Kanten gesägt, wenn sich Zeugenaussagen widerspre-chen und vor Ort Belege für eine ganz andere Einschätzung des Geschehens gefunden werden. Oder es wird die Oberfläche poliert, wenn die Naturgesetze nicht in Einklang mit den Vorwürfen zu bringen sind. Am Ende sitzt der Narzisst dann vor einer eigen-artigen, selbsterschaffenen Skulptur, die er als Realität verstanden wissen will und die in erster Linie seinen Interessen zu dienen hat. Er versteht nicht, dass die Wahrheit ein sensibles Konstrukt ist – vergleichbar einem Kartenhaus –, das komplett in sich zusammen-brechen kann.

*

Eine jener Fragestellungen, welche die Philosophie seit jeher be-schäftigte und auf die sie die unterschiedlichsten Antworten gab, war die Frage nach dem „gerechten Staat". Die Entwürfe reihen sich aneinander wie These und Antithese. Manche Staatswesen stellten das Eigentum an Produktionsmitteln in den Mittelpunkt ihres Selbstverständnisses, andere basierten auf religiösen Vorstel-lungen und wieder andere rückten die individuelle Freiheit des Bürgers in den Fokus ihrer Verfassung. Im Grunde genommen geht es dabei um die Fairneß im Sinne einer Festlegung von Regeln des Miteinanders, auf welche man sich vorgängig geeinigt hat. Ein neuzeitlicher Philosoph brachte die Vorstellung eines „Schleiers der Unwissenheit" ins Spiel. Die Bürger waren informiert über die Funktionen der Gesellschaft, jedoch unwissend über ihre eigene Stellung in einer zukünftigen Hierarchie und ihre persönlichen In-teressen in jenem Staatswesen, auf das man sich einstimmig einigen würde. Es ist klar, dass eine solche Entität Fiktion bleibt. Der Nar-zisst ist nie fair. Er sieht sich als jenes Gestirn im Orbit, um welches alle anderen Planeten kreisen. Da er sich selbst von allen anderen als vollkommen verstanden wissen will, kann er keine abweichende Meinung oder Kritik ertragen. Es gibt für ihn keine Gesetze außerhalb seiner eigenen Rechtssetzung. Er wird einen Rechtsstaat von vornherein als nichtig ansehen, seine Schwächen ausspähen und ihn in seinem Sinne manipulieren. Gelingt ihm dies, dann ist selbst der aus bester Intention erstandene Nationalstaat nur noch eine Fassade, hinter welcher sich Korruption, Terror und Willkür verbergen.

*

Die Regierungschefin hat ihre Nachfolge bestellt und ist zurückgetreten. Die Neue im Amt ist zwar keinen Deut besser, aber sie hat den Vorteil, dass sie für die politischen Fehlentscheidungen und Rechtsbrüche der Vergangenheit nicht unmittelbar verantwortlich gemacht werden kann. Ich glaube, ich bin hinsichtlich der Persönlichkeit jener nunmehr im gesellschaftlichen Nirvana verschwundenen Frau einen Schritt weitergekommen. Jahrelang wurden drei Optionen ihrer Macht diskutiert. Die erste sah sie als eine kaltblütige Opportunistin, die raffiniert als Privilegierte eines totalitären Regimes in die Führungsebene unseres Staates überwechselte. Diese Ansicht hat sicherlich eine gewisse Berechtigung, läßt jedoch die Frage offen, wie das möglich war. Die zweite Interpretation sieht die ehemalige Spitzenpolitikerin als Marionette, die aufgrund ihrer Vergangenheit erpreßbar war. Ich halte dies entgegen allen Ungereimtheiten für eher spekulativ, da sie auf einen bedingungslosen Rückhalt der gleichgeschalteten Leitmedien vertrauen konnte. Egal, was ans Tageslicht gekommen wäre, die herrschenden Eliten wären weiterhin geschlossen hinter ihr gestanden. Die dritte Theorie betrachtet das unbedarfte und unansehnliche Aschenputtel ohne Manieren als Blatt im Wind. Ohne feste Überzeugungen läßt sie sich von internationalen Organisationen vereinnahmen und setzt deren Agenda wider die Interessen der eigenen Bevölkerung um. Ihre anfängliche Kritik an der multiethnischen Gesellschaft war insofern nur ein

Täuschungsmanöver. Diese Vorstellung erinnert mich an einen Bauern, der mit seinen Rindern auf dem Weg zum Schlachthof ist und ihnen flüsternd von saftigen Weiden erzählt, während diese schon den Geruch des Blutes in ihren Nüstern wittern. All diese Versionen enthalten ein Körnchen Wahrheit. Es gibt aber noch einen vierten Interpretationsentwurf, und dieser geht weit über die umstrittene Person hinaus. Die Verfassung wurde einst von einem parlamentarischen Rat als Provisorium unter fremder Herrschaft ausgehandelt, und das Ergebnis war akzeptabel. Zwar durften auch Politiker in früherer Zeit zentrale Fragen der Zeitgeschichte nicht öffentlich ansprechen, aber es gab einen Rahmen, in welchem für das Volk Entschlüsse gefaßt werden konnten. Ich halte es nicht für ausgeschlossen, dass schon in dieser Epoche der Keim des Zerfalls seine Wurzeln schlug. Langsam, wie bei von Termiten befallenen Holzbauten, fraß sich die Degeneration durch die Institutionen. Um weiter zum politischen System zu gehören, war es für jeden einzelnen nötig, immer unverschämter zu lügen. Die haltlose Behauptung wurde zur verbindlichen Gewißheit, wie der Verrat zum Lorbeer gereichte. Dies galt auf allen Ebenen bis in die Spitze.

*

Vor einigen Monaten hatte ein islamistischer Anschlag in Europa über hundert Tote gefordert. Es war einer von vielen gewesen, jedoch bisher jener mit der höchsten Anzahl von Opfern. Vorgestern war im Gegenzug ein Attentäter in eine Moschee eingedrungen und hatte fast 60 Gläubige erschossen. Die offizielle Reaktion auf diese Gewalt ist immer dieselbe. Hochrangige Regierungsvertreter bekunden ihr Mitgefühl für die Hinterbliebenen, und als Zeichen der Solidarität wird ein historisches Wahrzeichen der Hauptstadt mit den Nationalfarben des Landes, in dem die Tat geschah, bestrahlt. In medialen Gesprächsrunden sitzen dann immer dieselben, selbsternannten Experten und diskutieren über die begangenen Fehler bei der Integration der Zuwanderer und die Stärken der Vielfalt.

„Was hat diese Aktion vor zwei Tagen gebracht?" frage ich Aya.

„Soweit ich erkennen kann, nicht viel außer vielfältigen Ankündigungen von Vergeltungsaktionen. Es gibt ein Element der Unberechenbarkeit im Terrorismus. Fünf Schüsse in Sarajevo haben zwei Weltreiche zum Einsturz gebracht. Andererseits haben separatistische Terroraktionen in einer Reihe von Ländern über Jahrzehnte hinweg nichts erreicht."

„Wenn ich selten genug, aber hin und wieder einen Blick in die Leitmedien werfe, dann werde ich das Gefühl nicht los, dass diese medialen Selbstdarsteller vom Fach zwar verpflichtet sind, etwas einigermaßen überzeugend Klingendes von sich zu geben, aber immerfort um den heißen Brei herumreden."

„Natürlich", meint Aya. „Dutzende oder sogar Hunderte von Menschen werden Opfer von Gewalt, und die Obrigkeit simuliert Bestürzung. Die Masse der Bevölkerung hat sich jedoch längst daran gewöhnt und ist emotional abgestumpft."

„Ist es ein Mangel an Empathie?"

„Nein, so wie wir Empathie verordnet bekommen, ist sie gar nicht vorhanden. Wir zeigen uns altruistisch gegenüber unseren nächsten Angehörigen, unseren engsten Freunden oder vielleicht auch unseren Landsleuten. Wer sich hinstellt und ruft: ,Ich liebe alle Menschen!', ist ein Lügner. Er gefällt sich in der Rolle des Gutmenschen und ist in Wirklichkeit nichts anderes als ein selbstgefälliger Wichtigtuer."

„Aber woher kommt diese Unfähigkeit zu trauern, auch wenn sich die Gewalt gegen uns richtet?"

Aya sah mich eine Weile fragend an.

„Wie viele der nach Zehntausenden zählenden zivilen Opfer der konventionellen Luftangriffe auf Tokio waren am Angriff auf Pearl

Harbour beteiligt, wußten im vorhinein davon oder befürworteten den Kriegsbeginn?"

Ich antwortete nicht.

„Zumindest in der modernen Kriegsführung ist die massenhafte Vernichtung von Unschuldigen die Regel. Das hat sie mit dem Terror unserer Zeit gemeinsam. Und genau dies ist die Wahrheit, welche die sogenannten Experten in den Medien nie offen aussprechen: Wir sind im Krieg."

„Aber wir sollen es um alles in der Welt nicht wissen", füge ich an.

„Natürlich nicht", antwortet Aya. „Denn wenn wir es wüßten, dann würden wir nach den Schuldigen fragen, und diese geben sich unbeteiligt und so unendlich betroffen. Ein ums andere Mal, immer wieder aufs neue."

*

Eine Freundin von mir bereiste als Rucksacktouristin vor etlichen Jahren die Mongolei. Sie liebte den unmittelbaren Kontakt zu der Bevölkerung ihrer Reiseländer, und so verbrachte sie einige Tage bei einem nomadischen Stamm nahe der Stadt Karakorum. An bestimmten Feiertagen pflegte sich der Ältestenrat des Stammesverbands rituell in einen Rausch zu versetzen. Ein Sud aus bestimmten Pilzen und Kräutern wurde angerührt und zunächst von den Würdenträgern in einem Zelt eingenommen, vor dem die Jüngeren geduldig warteten. Da die Toxide im Körper der Berauschten nicht komplett abgebaut wurden, kam auch der Rest des Volkes – sagen wir: aus „zweiter Hand" - in den Genuß eines wohligen Taumels. Dieses Ritual ist geeignet, ein bestimmtes Muster des Narzissmus zu beschreiben. Wie die meisten anderen Völker auch, hat unser Land historische Schuld auf sich geladen. Obwohl manche zeitgeschichtlichen Fragen in dieser Hinsicht noch immer nicht geklärt sind, gibt es niemanden, der sie leugnen würde. Doch unser

Umgang mit dieser Last ist von besonderer Art. Die Repräsentanten unseres Staates stellen diese geschichtliche Epoche so in den Vordergrund, dass man sich an mittelalterliche Büßer erinnert fühlt, die versuchen, durch Selbstgeißelung öffentlich ihre Sünden abzutragen. Dem Schuldkult wohnt ein narzisstischer Stolz inne. Unter kontrollierten Bedingungen kann der versteckte Narzisst seine Macht so vorübergehend abgeben und in den Genuß einer moralischen Erhabenheit kommen.

*

Aya steht in der Küche und bereitet die Kürbissuppe vor, die wir beide so gern essen. Ich beobachte sie vom Türrahmen aus.

„Ich verstehe einfach nicht, wie der Narzisst sein Opfer in seine Gewalt bekommt. Oberflächliche Allüren, schön und gut, aber wir haben alle unsere Sensoren, die hinter die Fassade blicken."

„Nicht jede Person ist gleichermaßen gefährdet. Du solltest Dir vorstellen, dass der Narzisst auf grundsätzlich drei Ebenen Einfluß auf die empathische Persönlichkeit nimmt: Eine Person mit einem großen Verlangen nach Bindung sucht Zusammengehörigkeit und investiert in diese unter Umständen auch auf Kosten des Verstandes. Dazu gehört auch das Bedürfnis, zu gefallen, bei Streitigkeiten vorschnell aufzugeben und die Bereitschaft, den Wünschen des Gegenübers gerecht zu werden. Wenn diese Person außerdem noch über ein hohes selbstkritisches Kontrollpotential verfügt, kann der Narzisst dieses in seinem Sinne nutzen."

„Und das geht ewig so weiter?" fragte Aya.

„Nein, das Opfer nimmt langfristig mentalen sowie psychosomatischen Schaden. Man spricht von einer Abwärtsspirale. Die dysfunktionale Aktivierung der angesprochenen drei Ebenen führt zu einer Verhaltensveränderung. In vielen Fällen wird die Situation des Opfers dadurch noch verschlechtert. Anstatt sich vom Mißbrauch ihres narzisstischen Täters zu lösen, umgibt sie sich mir Personen, die diese Beziehung unterstützen. Es kommt zu Aggressivität gegenüber anderen, darunter auch solchen, welche dem Opfer helfen wollen. Meist endet das Ganze in einer tiefen Depression."

Aya kostet mit einem Löffel die Suppe. Dann nickt sie zufrieden, und wir setzen uns an den Eßtisch.

„Der narzisstische Mißbrauch geht über einen langen Zeitraum. In dem Maße, in welchem das Opfer manipuliert wird, verliert es zunehmend sein Urteilsvermögen. Es kann gut oder böse, richtig oder falsch, glaubwürdig oder fragwürdig immer weniger unterscheiden. Propaganda ist und bleibt das gefährlichste Machtinstrument der narzisstischen Herrschaft. Es kommt einer Illusion gleich, wenn wir glauben, wir könnten sämtliche Menschen aufklären und damit die Tyrannei brechen. Die Induktion des Narzissten kann Menschen und ganze Gesellschaften irreversibel zerstören. In einem zukünftigen Bürgerkrieg werden die Fronten deshalb nicht exakt dem Verlauf der ethnischen Zugehörigkeit entsprechen. Uns werden auch jene gegenüberstehen, welche sich politisch unwiderruflich eintüten ließen. Ihnen kann man nicht mehr helfen."

„Schmeckt Dir die Suppe?" fragt Aya.

Ich nicke, und dann schweigen wir lange Zeit. Manchmal habe ich die Vorstellung, dass wir uns noch gar nicht vorstellen können, was auf uns zukommt.

*

Narzissten lassen sich ein Stück weit kategorisieren. Meist werden sie nach Intensität ihrer Störung in Selbstdarsteller, Betrüger und Despoten unterteilt. Wahrscheinlich überlappen sich diese Gruppen, aber es lohnt sich, die einzelnen Typen in der Gesellschaft genauer zuzuordnen. Ein gekonnter Mime ist beispielsweise jener Parlamentarier, der sich selbst bei jeder sich bietenden Gelegenheit als „anatolischer Schwabe" tituliert. Unglücklicherweise ist er sowohl von seiner äußerlichen Erscheinung als auch von seiner Mentalität so eindeutig „Anatolier", dass die Reaktionen auf seine Selbstdefinition irgendwo zwischen höflichem Schweigen und schallendem Gelächter liegen. Wegen betrügerischer Spesenabrechnungen war er mehrere Jahre von seiner politischen Arbeit freigestellt. Dann erschien er unverhofft wieder auf der parlamentarischen Bühne, und seine Schummeleien waren von da an subtiler. In einer mit viel Herzblut vorgetragenen, aber inhaltlich nichtssagenden Rede legte er seine Heimat geographisch exakt mit einer bestimmten U-Bahn-Haltestelle in der südlichen Provinz fest. Der zornige Monolog wurde noch im selben Jahr mit einem Preis für Rhetorik gekrönt. Leider mußten die Verleiher bei dieser Gelegenheit eingestehen, dass die in der Rede erwähnte Kleinstadt gar nicht an ein U-Bahn-Netz angeschlossen ist. Auch unter den Politikerinnen gibt es Selbstdarstellerinnen der groteskesten Art. Eine permanent empörte Parlamentsvorsitzende, die sich kleidet wie ein Gruselclown, kommt mir in den Sinn. Sie führte eine Demonstration an, anläßlich der skandiert wurde, unser Land sei „ein mieses Stück Scheiße". Die Liste ist fast unendlich: Ein Hugenotten-Sproß im Ministerrang, der so tut, als sei er selbst die Verkörperung preußischen Pflichtbewußtseins, aber partout nicht verstehen will, dass Pflicht als Tugend und Unrecht unvereinbar sind. Auch die Schwindler sind in den weitverzweigten Ablegern der Politik überproportional vertreten. Zahllose Lebensläufe erweisen sich bei näherer Betrachtung als gefälscht, und akademische Grade halten Überprüfungen nicht stand. Der narzisstische Tyrann hingegen hält sich bedeckt und ist schwer zu erkennen. Es ist die Jurisdiktion, welche bei jeder sich bietenden Gelegenheit das Recht beugt.

*

Angesichts der alltäglichen Gewalt gegen Frauen durch Zuwanderer stellt sich leise, aber hartnäckig die Frage nach dem Selbstverständnis der einheimischen Männer. Politiker hören nicht auf, das Gewaltmonopol des Staates zu betonen, und selbsternannte Polizeiexperten raten zu defensivem Verhalten in Gefahrensituationen. Soziologen sehen in der Hilflosigkeit des ehemals starken Geschlechts einen Meilenstein auf dem Weg zur Überwindung des Patriarchats. Tatsächlich beruht die Schwäche auf einer einseitigen Entmutigung des Bürgers, gleichgültig wessen Geschlechts. Als vor wenigen Wochen drei Einbrecher ein älteres Ehepaar bedrohten, griff der Gatte in Ermangelung anderer Waffen zu einem Küchenmesser und erstach einen der Kriminellen. Die beiden anderen sind seither auf der Flucht. Doch nicht etwa die flüchtigen Täter stehen im Fokus der Justiz, sondern der wehrhafte Bürger, dessen Recht auf Selbstverteidigung nicht der Verhältnismäßigkeit entsprochen haben soll. Aber es gibt noch einen weiteren Aspekt zu dieser Frage, der mir aufgefallen ist, ohne dass ich ihn bisher statistisch stützen kann. Es scheint, dass die zeitgenössischen Männer alles daransetzen, sich selbst bis in alle Ewigkeit zu konservieren. Sollte man dauerfasten oder vielmehr intervallfasten, oder sind drei Mahlzeiten am Tag in Ordnung, vorausgesetzt, es handelt sich um vegane Kost? Ich habe mich immer nur ungern mit Geschichten aus dem Krieg befaßt. Vielleicht lag das daran, dass unser Land im vergangenen Jahrhundert nie auf der Seite der Sieger stand. Eine Überlieferung ist mir dennoch im Gedächtnis geblieben: Eine unserer Städte im Osten war zur Festung erklärt worden und seit Wochen vom Feind belagert. Wenige Tage vor dem endgültigen Ende der Kampfhandlungen ließ sich eine Einheit Fallschirmjäger in die Enklave einfliegen. Es waren allesamt Freiwillige, und keiner von ihnen hegte irgendwelche Illusionen, dass sich das Blatt militärisch noch wenden ließe. In den Ruinen feierten sie mit den verbliebenen Zivilisten ein letztes Fest. In meiner Vorstellung muß es ein gespenstischer Reigen gewesen sein. Ob irgendeiner dieser Männer jemals die Heimat wiedersah, ist unbekannt.

*

Ich bin leicht erkältet, und Aya bereitet einen heilsamen Tee für mich vor.

„Die Politik zeigt Züge der Besessenheit. Anders kann ich mir die Vorgänge nicht mehr erklären. Es geht nicht nur um den Wahn, sondern auch um die Sturheit, mit der daran festgehalten wird."

„Das ist die Frage nach der Obsession des Narzissten", erwidere ich. „Die narzisstische Beziehung ist ein Prozeß, der verschiedene Phasen durchläuft. Gelingt es dem Opfer nicht, sich zu befreien, gerät es in eine Spirale der Entwertung. Es wird mental und physisch krank. Es internalisiert immer williger die Erniedrigungen und geht schließlich zugrunde. Das ist der Zeitpunkt, zu dem der Narzisst die Maske fallen läßt. Er kennt keine Scham mehr und zeigt offen seinen Haß und seine Verachtung."

„Aber ist dies Besessenheit?"

„Aus klinischer Sicht ist es das sicherlich nicht. Der somatische Narzisst projiziert seine eigene Entwertung, die er sehr geschickt unter seiner Superiorität versteckt, auf sein Opfer. Es gehört zu seinen tiefsten Ängsten, dass sein Makel erkennbar wird. Trotzdem, wenn ich vor Kirchenportalen die Skulpturen von jenen Dämonen sehe, an welche die Menschen vor Jahrhunderten glaubten, dann war dies möglicherweise der Versuch, unter anderem auch dieses Phänomen zu erklären."

Ich nippte an der Tasse mit dem dampfenden Kräutertrunk. Angeblich hatte sie das Rezept von ihren Vorfahren mütterlicherseits überliefert bekommen.

*

Es ist ein Paradox: Wir, also die Bevölkerung, wird eingeschüchtert, kontrolliert und manipuliert von einer Elite, die sich treffend mit dem Begriff Feigheit charakterisieren läßt. Der Narzisst ist in doppelter Hinsicht feige. Nach innen, weil er immerfort auf der Flucht vor seiner psychischen Leere ist. Und nach außen, weil er so abhängig von narzisstischer Zufuhr ist, dass er keine langfristig unpopulären Positionen vertreten kann. Er verteidigt nicht das in seiner Substanz richtige, sondern gefällt sich in einer Realität aus Gefühlsduselei und politischem Tand. Nicht selten spielt er die Rolle eines Clowns und gewinnt damit jene Narrenfreiheit, welche ihn schwer angreifbar macht. Für ihn zählt die Kulisse nicht die Konsequenz. Sein fragiles Selbst geht einer ernsthaften Konfrontation mit der Wirklichkeit ängstlich aus dem Weg. So selbstbewußt er auch auftreten mag, im Grunde ist und bleibt seine Position ein Bluff, der einer profunden Untersuchung nicht standhält. Das erklärt auch die Feindseligkeit des Narzissten gegenüber der Wissenschaft. Fakten sind für ihn nur Schikane. Wie notorische Spaßverderber stören sie seinen selbstsüchtigen Klamauk. Er hat ein sensibles Gespür für den Zeitgeist. Steht dieser seinen destruktiven Absichten im Weg, so neigt er dazu, sich zum Schein zu „spiegeln". Ein Leser der Boulevardpresse täuscht dann ein Interesse für klassische Literatur vor, wenn er in bessere Gesellschaft gerät. Und zumindest nach außen hin hat er die Schere im Kopf und weiß, welche politischen Positionen schicklich sind und welche nicht.

*

Aya und ich diskutieren darüber, wie dieser Bann entstehen konnte, der die Masse der Bevölkerung lähmt. Wir hatten dieses Rätsel schon oft besprochen.

„Vielleicht ist es nicht nur die Monopolsituation der etablierten Medien und der Geist des Untertanen, die den Prozeß so hemmen. Stell Dir die Zeit nicht als analogen Ablauf dar, der immer gleichverläuft, sondern geh' von der Annahme aus, dass die Intensität der Zeit unterschiedlich ist. Mit ‚Intensität' meine ich Aufbruch, Kampf, Innovation und Veränderung."

„Sag' doch einfach Revolution", bringt Aya es auf den Punkt.

„Ja genau, das wäre ein sogenannter ‚Knotenpunkt'. In einer Latenzphase scheint die Zeit stehengeblieben zu sein. Die Umstände sind festgefügt. Es ändert sich wenig, wenigstens im grundsätzlichen Sinn. Die Herrschaft ist in der Gesellschaft gefestigt und verwaltet ihre Ansprüche. Es entsteht der Anschein, dass für alle Zeit alles beim alten bleiben würde. Entschlossener Widerstand erscheint sinnlos. Allenfalls eine Scheinopposition wird geduldet, und die ist meist unterlaufen."

„Mich interessiert eher der Knotenpunkt. Für das, was du als Latenzphase bezeichnest, gibt es übrigens den Begriff ‚Biedermeier‘."

„Der Knotenpunkt ist eine vergleichsweise kurze Zeitphase des Zusammenbruchs. Von einem Tag auf den anderen ist nichts mehr so, wie es war. Die Zeit kann friedlich verlaufen, meist tut sie das aber nicht. Im Entwicklungsabschnitt des Knotenpunktes können kleine Aktionen, ja sogar einfache Zufälle, einen großen Einfluß auf die Zukunft haben. Es ist eine sehr empfängliche Zeit."

Ich versuchte, den Begriff des Systemwechsels in das Gedankenexperiment einzubringen. Offenbar ist mir das nicht gelungen. Ich probiere es auf eine andere Art: Es gibt weitgehend in sich selbst geschlossene Systeme wie etwa die kommunistische Zentralverwaltungswirtschaft. Diese selbst war anläßlich eines Knotenpunktes – der Oktoberrevolution – an die Macht gekommen und konnte diese in den folgenden Jahrzehnten weiter ausbauen. Auch hier gab es Knotenpunkte, etwa die Aufstände in Berlin oder Ungarn. Das Regime war zu dieser Zeit zu mächtig, um überwunden zu werden. Es versuchte jedoch, seine Ökonomie mit allerlei Änderungen effizienter zu machen. Die Lebensumstände der Bevölkerung verbesserten sich ein wenig, und Reisevorschriften wurden gelockert. Aber damit stieß das System an die Grenzen seiner Leistungsfähigkeit. Es war nicht weiter reformierbar und brach komplett zusammen. Das ist es, worauf ich hinauswill."

„Ich verstehe", sagt Aya.

„Die oppositionellen Parteien unserer Zeit streiten um Migrationsbeschränkungen und Sicherheitskonzepte für die Bevölkerung.

Das ist etwa so, als wenn ein Auto mit Höchstgeschwindigkeit auf eine Betonwand zurast. Würde man in einem politischen Sinne den Fahrer wechseln, würde der Wagen eben mit halber Geschwindigkeit auf die Barriere zufahren. Damit verbindet sich ein Zeitgewinn für die Insassen, mehr aber auch nicht. Es geht nicht nur darum, wann die Latenzphase zu Ende geht. Entscheidend wird sein, dass der Zeitknoten mit einem Systemwechsel verbunden sein wird."

*

Freundschaft bezeichnet ein Verhältnis von Personen, das auf Sympathie und Vertrauen beruht. Sie kennt kein spezifisches Rollenverständnis des einzelnen und ist auf länger Zeit angelegt. Der Narzisst hat keine Freunde. Im Gegensatz zu einsamen Menschen vermißt er diese auch nicht. Genaugenommen ist er zu Freundschaft gar nicht in der Lage. Die neurologische Steuerungszentrale für Empathie ist in der Inselrinde im seitlichen Teil des Stirnlappens lokalisiert und bei Menschen mit einem narzisstischen Persönlichkeitsmuster auffallend verändert. Salopp formuliert, ist der Narzisst völlig anders verdrahtet als seine Mitmenschen. Es ist deshalb auch umstritten, ob man ihm für seine destruktiven Neigungen Vorwürfe machen kann. Er ist und bleibt das, worauf er angelegt ist. Obwohl er keine Beziehungen auf Augenhöhe und ohne Aussicht auf die benötigte narzisstische Zufuhr führt, bleibt die Beziehung zu seinem Mißbrauchsopfer nicht die einzige soziale Zuordnung in seinem Umfeld. Man könnte sagen, er ist umgeben von einem Troß von Jüngern, die sein Wesen eigentlich gar nicht kennen. Sie scharen sich in unterschiedlicher Distanz um ihren Guru und profitieren nicht selten selbst von dieser Symbiose. Den innersten Kreis könnte man als die Lakaien bezeichnen. Sie erledigen die schmutzige Arbeit für ihren Meister. Jeder kennt die notorischen Stänkerer mit ihren heruntergezogenen Mundwinkeln in den politischen Gesprächssendungen, die Hetzer und Verleumder sowie jene Späher, die mit ihren eigenwilligen Ansichten sondieren, wie weit man programmatisch gehen kann. Dieser engste Zirkel hat gewöhnlich materiellen Anteil an den Pfründen der Herrschaft. Die äußere Sphäre der Gefolgschaft ähnelt mehr der Fan-Gemeinde Heranwachsender, die kreischend um ein Autogramm betteln. Ihr Lohn für die Anbetung besteht in nicht mehr als der Selbstvergewisserung, auf der richtigen Seite zu stehen.

*

Ich war nie ein Frauen-Versteher, und vielleicht ist das der Grund dafür, dass ich für evolutionspsychologische Erklärungen so aufgeschlossen bin. Natürlich steht nicht jede Frau hinter der Politik der unkontrollierten Massenmigration, aber Statistiken zeigen signifikante Unterschiede hinsichtlich der Geschlechter auf. Man kommt nicht um die Tatsache herum, dass die überwältigende Mehrheit der ehrenamtlichen „Flüchtlingshelfer" weiblich ist. In den meisten Kulturen waren stammesgeschichtlich die Männer für die Produktion und die Frauen für die Distribution zuständig. Im Wettkampf um die knappen Ressourcen und angesichts der damit verbundenen Risiken blieben die Männer eher dem nüchternen Verstand verbunden, während die Frauen dafür sorgten, dass am Ende jeder genügend abbekam. Sie standen sozusagen im Dienst der Fürsorge. Diese Theorie ist sicherlich nicht falsch, und sie deckt sich mit einer gefühlten Grundströmung. Dennoch kollidiert sie mit den programmatischen Forderungen der zeitgenössischen Frauenrechtsbewegung. Außerdem bin ich mir nicht sicher, ob die evolutionäre Obhut tatsächlich über die eigene Familie oder den eigenen Stamm hinausging und jeden Menschen generell einschloß. Vermutlich war der stammesgeschichtliche Altruismus eher einem abgegrenzten Gruppeninteresse verpflichtet. Ich hatte selten mit Feministinnen zu tun. In meinem Unbewußt-Sein geisterten sie in der Walpurgisnacht als feindselige Weiber mit Kürbis-Frisuren und unrasierten Beinen herum. Vor hundert Jahren mochte ihr Streiten für das Frauenwahlrecht berechtigt gewesen sein. In heutiger Zeit sind sie nicht mehr als ein Teil des Regimes. Keine der Journalistinnen oder einschlägigen Politikerinnen prangert die offene Gewalt der Migranten gegen Frauen an. Mit einem Taschenrechner in der Hand kann sich jeder ausrechnen, dass in wenigen Jahrzehnten eine archaische Kultur alle Errungenschaften der Emanzipation abgeschafft haben wird. Eigentlich müßte der Feminismus Woche für Woche gegen die frauenfeindlichen Gesetze und Bräuche in den Herkunftsländern der Migranten demonstrieren. Stattdessen richtet sich der Haß gegen die eigenen Männer. Nur da und dort entstehen bodenständige Frauenbündnisse auf regionaler Basis, die auf die Opfer der Migrationspolitik aufmerksam machen. Der Feminismus sägt hingegen mit vollem Bewußtsein an dem Ast, auf dem er sitzt. Damit unterscheidet er sich nicht von anderen Institutionen wie etwa den Kirchen. Unser verinnerlichtes Schuldgefühl, gleichgültig, ob es auf der Missionierung und dem damit verbunden Kolonialismus oder auf den Verwerfungen des vergangenen Jahrhunderts beruht, befiehlt uns anders zu sein als die Generationen zuvor. Dieser Imperativ ist absolut, das heißt er gilt um jeden Preis. Egal welcher etablierten Ideologie oder Religion wir uns verschreiben, wir unterwerfen uns unter das Fremde, was auch immer am Ende stehen wird. Der Weg in den Abgrund ist gepflastert mit guten Absichten. Das Entgelt für unser manipuliertes Gewissen ist unser Elend und möglicherweise unser Untergang.

*

Es gibt eine Methode des malignen Narzissmus, die sein Opfer bis zur Selbstverleugnung manipuliert. Der Name kommt aus dem Amerikanischen und war der Titel eines später mit prominenten Schauspielern verfilmten Romans: „Gaslighting". Er bezieht sich auf eine Form psychischer Gewalt, mit welcher das Opfer über einen längeren Zeitraum desorientiert und zutiefst verunsichert wird. Am Ende steht die Zerstörung seines Realitätssinns und seines Selbstbewußtseins. Voraussetzung für das Gelingen des Mißbrauchs ist ein gewisses Vertrauen in den Täter. Dieser stellt wiederholt – aber nicht unbedingt permanent – die Wahrnehmung seines Opfers in Frage. Der Gaslighter stellt beispielsweise Behauptungen über Ereignisse auf, die gar nicht stattgefunden hatten. Oder - umgekehrt - er leugnet Vorkommnisse, die tatsächlich Fakten sind. Mit der Zeit beginnen die Opfer an ihrer Wahrnehmung und ihrem Geisteszustand zu zweifeln. Das Motiv des Täters ist die Machtausübung über das Opfer. Besonders perfide wirkt der Mechanismus, wenn es dem Gaslighter gelingt, das soziale Umfeld des Opfers zu indoktrinieren und an der „Inszenierung" mitzuwirken. Auf individueller Ebene, zum Beispiel im Rahmen eines sexuellen Kindesmißbrauchs, kann die Methode zu Persönlichkeitsstörungen, Angst- und Panikattacken, Wahnvorstellungen und psychotischen Zuständen führen. In einem politischen Kontext zersetzen die Gaslighter die Widerstandskraft der Bevölkerung. Aus der Kapitulation wird eine Befreiung, aus der millionenfachen Vertreibung wird die unfreiwillige Wanderung, das Pogrom in der Silvesternacht hat gar nicht stattgefunden, dafür gilt eine sogenannte Hetzjagd als Gewißheit und vor allem gilt: die Invasion der Fremden ist eine Bereicherung. Diese Reihe an Beispielen ließe sich beliebig fortsetzen. Im weitesten Sinne kann auch das bewußte Arrangement von Ereignissen die Wahrnehmung der Massen vernebeln. Wären auf dem Höhepunkt der Masseneinwanderung die Grenzen geschlossen worden, hätte es „unschöne" Bilder gegeben. Die Aggressivität und Brutalität der enttäuschten Glücksritter wäre offenbar geworden. Die Gefahr für die Bevölkerung durch die Landnahme hätte sich nicht kaschieren lassen. Aber so, wie die Verantwortlichen entschieden, bestätigte sich der Anschein von Menschen in Not. Der Gaslighter versucht sein Opfer zu isolieren. Alternative Medien und die Verbreitung objektiver Informationen wird er nach Möglichkeit einschränken oder ganz unterbinden. Am Ende steht die Vernichtung der kollektiven Identität eines Volkes.

*

Der Narzisst ist kein Freund der Freiheit. Allem, was geeignet erscheint, seine Mitmenschen der Manipulation und Macht zu entziehen, steht er von Natur aus mißtrauisch gegenüber. Was er am meisten haßt, ist die Redefreiheit beziehungsweise die Freiheit, von ihm abweichende Meinungen vorzubringen. Jeder kennt jenen Typ von Eltern, die am Ende des Schuljahres mit vor Stolz gerötetem Gesicht die Überreichung eines Preises an die Tochter oder den

Sohn beklatschen. Der Narzisst kann eine Art von Sympathie imitieren, die jedoch eng mit der Frage verknüpft ist, inwieweit die Person seinen Erwartungen gerecht wird. Jener oben angesprochene Elterntyp wird sich mit dem Beginn der Adoleszenz seiner Kinder und dem damit verbundenen Kontrollverlust besonders schwertun. Wenn die mit der wachsenden Selbstbestimmung einhergehenden Herausforderungen neu gewichtet werden, dann kann sich die besorgte „Liebe" der Eltern möglicherweise als narzisstisches Muster entpuppen und einer herrischen Art weichen. Der Narzisst liebt seine eigene Verlängerung. Rebelliert diese, so reagiert er mit Verletzung und schlimmstenfalls Gewalt. In der Gesellschaft zeigt sich das in der manichäischen Unterteilung in Edle und Verstoßene. So stellen die etablierten Medien etwa einen ranghohen ausländischen Staatsmann als kriegslüstern, mental erkrankt und verantwortungslos dar. Sein Vorgänger hatte von seinem Amtsantritt an alle Lorbeeren mit auf den Weg bekommen. Die Presse schmeichelte ihm und seiner Familie auf jede erdenkliche Weise. Die Tatsache, dass er während seiner Amtszeit Tausende von Menschen – darunter auch eigene Staatsbürger – ohne Gerichtsurteil und ohne Rücksicht auf das Völkerrecht ermorden ließ, fiel einfach unter den Tisch.

*

Die Gewalt der Migranten zieht eine Spur der Asche hinter sich her – täglich und sowohl gegen Männer als auch Frauen. Allein die sexuellen Übergriffe füllen ganze Statistiken. Es gibt aber eine spezielle Konstellation der Verbrechen, bei denen die Frauen keine wahllosen Opfer sind, sondern vorgängig ein intimes Verhältnis zu ihren Tätern eingegangen sind. Das macht sie keineswegs an ihrem eigenen Schicksal mitschuldig. Es wundert nur ein bißchen, da die Risiken dieser besonderen Art interkultureller Beziehungen längst bekannt sind. Die Annäherung der Neuankömmlinge an die einheimischen Heranwachsenden ist zuckersüß. Schon bei der ersten Begegnung versichern sie ihre ewige Liebe und werfen tollpatschig mit Schmeicheleien der übertriebensten Art um sich. Vielleicht steckt aber auch eine ehrliche Art von Idealisierung hinter dieser Masche. Anders ist der gelegentliche Erfolg der von Anfang an unglaubwürdigen Lobhudelei nicht zu erklären. Der Phase der Aufdringlichkeit folgt dann die schleichende Vereinnahmung. Gleichzeitig wird das Opfer als Teil seiner Kultur verächtlich gemacht und abgewertet. Kleidervorschriften werden auferlegt und der Kontakt zu anderen Männern untersagt. Leistet die Betroffene in dieser Situation Widerstand und bricht sie den Kontakt zu dem fremden Narzissten ab, dann ist ihr Leben in Gefahr. Sie hatte nicht erkannt, dass sie für ihren Besitzer nur ein Objekt gewesen war – zu keiner Zeit mehr -, und dass er sie nach den Gesetzen seiner eigenen Kultur richten wird.

*

Durch die unkontrollierte Masseninvasion von Menschen, die aufgrund ihrer geringen Qualifikation nie eine Aussicht auf legale Einwanderung hatten, ist eine vergiftete Gesellschaft entstanden. Im verbalen Zentrum dieser toxischen Aufladung steht ein Begriff, dessen reale Bedeutung niemand festlegen kann: das „Privileg". Gemeint ist damit ein Phänomen, das nirgends nachweisbar ist und eher ein Eckstein einer gegen die angestammte Bevölkerung gerichteten Verschwörungstheorie zu sein scheint. Jeder Grad an Begabung wird von jeder ethnischen Population vertreten. Allerdings nicht mit derselben Wahrscheinlichkeit. Die durchschnittlichen kognitiven Fähigkeiten der Migranten liegen zwischen einer und zwei Standardabweichungen unter unserem arithmetischen Mittel. Es braucht Mut, diese Tatsache offen anzusprechen, und noch bedenklicher wird es, wenn man auf den hohen Erblichkeitsfaktor der Intelligenz verweist. In der Politik wird deshalb in diesem Zusammenhang auf die soziale Benachteiligung der Zuwanderer verwiesen. Doch die wissenschaftlichen Studien deuten in eine andere Richtung. Sowohl in Stadtteilen mit hohem Durchschnittseinkommen als auch in den ärmsten Quartieren sind die Ergebnisse unter den Schülern gleichermaßen geschichtet: Die besten Ergebnisse erzielen jene Kinder der vergleichsweise wenigen Einwanderer aus dem Fernen Osten, dann folgt die angestammte Bevölkerung, und am Ende stehen die Massen der illegalen Völkerwanderung. In den Bereichen Bildung und berufliche Qualifikation sind sie praktisch chancenlos. Das Ergebnis ist eine narzisstische Kränkung, die jederzeit in Wut umschlagen kann. Das Wort vom vermeintlichen Privileg der Angestammten, das alle Türen und Tore öffne, macht die Runde. Tatsächlich mögen die Migranten auf dem freien Wohnungsmarkt benachteiligt sein. Das fällt jedoch kaum ins Gewicht, da der Staat ihnen den Wohnraum zur Verfügung stellt. Auch beim Eintritt in Lokalitäten wie Clubs scheint mir eine Art Diskriminierung erkennbar. Das ist aufgrund des Benehmens dieser meist männlichen Gruppen jedoch nicht verwunderlich. Anders als die historischen Privilegien des Adels ist das heutige Privileg nirgends niedergeschrieben oder ausformuliert. Es existiert nur in der Form, sich der Wirklichkeit und den damit verbundenen Unterschieden der Leistungspotentiale zwischen Populationen zu verweigern. Es ist ein gefährlicher politischer Kampfbegriff, der an die Auffassung der „Ausbeutung" in einer Ideologie erinnert, welche noch gar nicht so lange zurückliegt und Millionen von Opfern forderte.

*

Ein ganz zentraler Vorwurf des Gutmenschen an seine politischen Gegner ist der angebliche „Mangel an Empathie" beziehungsweise die Unterstellung von Haß und Mißgunst auf Migranten. Oft steht diese Vorhaltung in Verbindung mit rassistischen, homophoben oder sonstigen Anklagen. Die Unfähigkeit zur Empathie ist der Kern des Narzissten, und es lohnt sich, einen näheren Blick auf dessen Objekt der Projektion, den sogenannten Wutbürger, zu werfen. Die Selbstidealisierung der narzisstischen Persönlichkeit orientiert sich an der Vollkommenheit des Menschen. Er kann es einfach nicht ertragen, dass er selbst oder andere Personen fehlbar sind. Es genügen ein paar Fußabdrücke auf dem frisch geputzten Küchenboden, um ihn in Rage zu versetzen. Seine unreife Persönlichkeit läßt keine emotionale Selbstkontrolle zu. Der Ursprung seiner Gefühle scheint außerhalb seiner selbst zu liegen. Jede ehrliche Empfindung, die nicht in sein Selbstkonzept paßt, ist ein Angriff auf die Gesamtheit seiner zersplitterten Persönlichkeit, deren öffentliche Erscheinung er mit viel Aufwand pflegt. Er kann gar nicht anders, als diese negativen Affekte potenziert anderen in die Schuhe zu schieben. Nur so kann er seine scheinbare Überlegenheit verteidigen und in seinen eigenen Augen makellos bleiben. Ein politischer Diskurs ist mit einem Narzissten nicht möglich. So wandelbar sein Selbst auch daherkommt, das Eingeständnis eines Fehlers würde es zu Staub zerfallen lassen.

*

Ich weiß nicht mehr, wann ich zum ersten Mal von einem „dritten Geschlecht" hörte. Dann waren es plötzlich 23 Geschlechter, und diese Zahl stieg schließlich auf über 80, bis am Ende das Geschlecht des Menschen zum „Fluidum" erklärt wurde und die verschiedenen Ausprägungen gegen unendlich gingen. Das klingt auf den ersten Blick geradezu nach einem gesellschaftlichen Staatsstreich. Doch je verbindlicher dieses post-binäre Rollenmodell wurde, desto mißtrauischer wurden seine Kritiker. Eine echte Revolution wird von den Massen getragen. Es sind die Elenden und Ausgebeuteten, die auf die Barrikaden gehen und nicht die satten Sozialingenieure. In einem übertragenen Sinn war es so auch Ende der sechziger Jahre des vergangenen Jahrhunderts. Die Rollenbilder von Mann und Frau hatten sich geändert, Traditionen hatten an Verpflichtung verloren, das Klima war säkularer geworden, und neue Methoden der Familienplanung wurden entwickelt. Der jüngere Teil der Bevölkerung griff die neuen Möglichkeiten auf und experimentierte mit bisher unbekannten Beziehungsstrukturen. Die eine oder andere Kommune mag dabei zu weit gegangen sein, aber langfristig taute das erstarrte System auf, und ein Teil der rebellischen Ideen ging in die allgemeine Lebensart ein. Die sogenannte Gender-Aufklärung hat nichts gemein mit diesen gesunden Häutungen der Gemeinschaft. Niemand kann sagen, wo sie ihren Ursprung hat und welchem Zweck sie dient. Ideologische Vertreter verweisen auf einzelne Insektenarten, welche unter bestimmten Umweltbedingungen und bei spezieller Ernährung ihr Geschlecht ändern können. Auf den Menschen ist dies nicht übertragbar. Je nachdem, wie man es dreht und wendet, erscheint das Ganze als eine Kopfgeburt oder reiner Humbug. Die Akzeptanz im Volk basiert vor allem auf Gleichgültigkeit. Nur wenn es um die Indoktrination der Kinder in den Grundschulen geht, regt sich noch elterlicher Widerstand. Ansonsten haben die schrillen Aktivisten mit ihrer lieblosen und vulgären Sprache freie Hand.

*

Wenn man in einer Beziehung zu einem Narzissten steht, die sich nicht von heute auf morgen auflösen läßt, braucht es eine Strategie, um den Schaden zu minimalisieren. Sie besteht grundsätzlich in der Verweigerung. Damit sind nicht nur die Dienste gemeint, die der Narzisst fordert. Es geht vor allem um die Kontrolle der eigenen Gefühle. Reagieren wir auf Provokation, Beleidigung, gelegentliche Schmeichelei oder schlimmstenfalls Gewalt emotional, so hat der Narzisst gewonnen. Unsere Trauer, Enttäuschung und unser Schmerz sind seine gefühlsmäßige Nahrung. Auf diese Art sichert er sich seine Kontrolle über unsere Affekte und hat uns weiter in seiner Gewalt. In einem hoffnungslosen Land werden die Erwiderungen auf die politische Schikane zunehmend häßlich. Beschimpfungen und Drohungen gegen die Funktionäre in Politik und Medien mehren sich. Scheinbar empört sich die Clique in den leitenden Institutionen über den zivilen Ungehorsam, in Wirklichkeit läßt sie der Frust des Volkes kalt. In ihren Augen gibt es so etwas wie ein Volk gar nicht. Und auf die Massen blicken sie mit derselben Verachtung herab wie auf alle anderen Menschen. Aber ein unterworfenes Volk kann sich nicht einfach eine neue Führung geben. Dazu sind die Machtstrukturen zu gefestigt und die langfristig angelegte Manipulation zu effektiv. Selbstbeherrschung wird den Narzissten verärgern. Aber das ist nicht genug. Es braucht die Entschlossenheit zur Tat. Gespräche, Tatsachen und Zahlen interessieren den Narzissten nicht, weil seine Bedürfnisse auf der Ebene der Gefühle liegen. Erst wenn es unmißverständlich heißt: „Sie oder Wir", werden sich die feindlichen Eliten ein neues Volk als

Wirt suchen. Dazu haben wir uns zusammengeschlossen, egal was jene von uns denken, die sich noch Illusionen machen.

*

Aya liest in einem der Kriminalromane, die sie so liebt. Sie besitzt Dutzende von Taschenbüchern aus dieser Reihe. Schließlich legt sie es zur Seite.

„Ich kann mich einfach nicht konzentrieren", klagt sie. „Es gibt Tage, da bekommt man den Kopf nicht frei."

„Sprich einfach mit mir über das, was Dich unbewußt plagt", rate ich, während ich den Inhalt des Kühlschranks überprüfe. „Dann ist es verarbeitet, und Du bist wieder aufnahmefähig für anderes."

„Vorausgesetzt, das Volk rebelliert und holt sich seine Freiheit zurück, was wird mit alten Garde geschehen?"

„Das habe ich mich auch schon gefragt. Üblicherweise geht der privilegierte Teil ins Exil. Viele werden im letzten Augenblick versuchen, die Seite zu wechseln. Manche werden wohl Opfer von Rache werden. Genau kann man das nicht vorhersagen. Ich weiß nur eins ziemlich genau: In einem rechtsstaatlichen Prozeß würden sie als freie Menschen den Gerichtssaal verlassen. Das liegt daran, dass sie selbst die Gesetze erlassen haben, nach denen sie verurteilt werden sollten. Und auch daran, dass diese Gesetze für uns galten und nicht für sie."

„Man könnte ein Tribunal veranstalten. Das muß nicht rechtsstaatlich sein. Es gibt genügend historische Beispiele."

„Das ist die Option, für die ich stimme", antworte ich. „Es gibt eine Reihe von destruktiven Phantasien, welchen sich die Opfer eines Narzissten hingeben, nachdem sie sich von ihrem Peiniger gelöst haben. Manche glauben an eine Art von übersinnlicher Gerechtigkeit und daran, dass der Narzisst sich seine Schuld eingesteht und unter dieser Last beginnt, zu bedauern. Andere Geschädigte gehen einen Schritt weiter und wünschen ihm ein katastrophales Mißgeschick. Es gehört jedoch zur gestörten Persönlichkeit des Narzissten, dass er nichts bedauert und emotional nichts dazulernt. Außerdem würde er das erlittene Leid nach außen nicht zeigen. Auch die Vorstellung, der Narzisst würde durch den Bruch mit ihm eine Strafe erfahren, ist illusionär. Er wird mit Abwertung des Opfers reagieren. Und da ist noch eine letzte Überzeugung, mit der die Opfer ihre depressive Stimmung lindern: Die Überzeugung dass der Narzisst nun als solcher enttarnt sei und gesellschaftlich geächtet werde. Aber dafür sind diese Täter viel zu gute Komödianten. Ich vermute, dass die skrupellosesten Heiratsschwindler narzisstisch veranlagt sind."

„Du bezeichnest solche Einbildungen als schädlich. Warum?"

„Weil die Opfer mit diesen Vorstellungen im Orbit des Schädigers verbleiben. Sie sind sich der strukturellen Andersartigkeit des Narzissten noch nicht bewußt. Die Welt ist nicht von Natur aus gerecht."

„Du willst sie hart bestrafen? Stimmt das?"

Aya sah mir fragend in die Augen.

„Der sichere Hieb ist die Gnade des Henkers."

„Kannst Du Dich noch an den indischen Guru erinnern, der immer eine Mütze auf dem Kopf trug?" fragte Aya.

„Du meinst jenen mit den fast hundert Edelkarossen?"

„Ja genau. Als er einmal von einem seiner Jünger gefragt wurde, warum er immerzu diese Kopfbedeckung trage, erklärte er dies mit der Abwehr negativer Strahlungen oder Einflüsse. Ich bitte Dich, ab jetzt vor dem Einschlafen immer an jene Mütze zu denken. Verbitterung schadet uns nur."

Ich gab mein Versprechen ab, und damit war das Gespräch beendet.

*

Die Gewalt greift im Land um sich, und sie geht zum größten Teil von den Immigranten aus. Sie haben praktisch nichts zu verlieren. In einer Silvesternacht eskaliert die Situation. Es kommt zu pogromartigen Übergriffen in verschiedenen Städten. Etwa 1200 Menschen werden über Stunden hinweg geschlagen, getreten und vergewaltigt. Begonnen hatte es damit, dass die ansässigen Personen von einem fremden Mob mit Feuerwerkskörpern beworfen wurden. Über Stunden hinweg steigerte sich die Brutalität. Paare oder Gruppen wurden scheinbar aus einer guten Laune heraus angetanzt, dabei wurden die männlichen Begleiter separiert und die Frauen sexuell mißbraucht. Die Polizei war nicht in der Lage, der Situation Herr zu werden. In manchen Stadtteilen schickten die Bordellbesitzer ihre schweren Jungs vor die Tür, um die Bürger zu schützen. Es war offensichtlich, dass der Rechtsstaat für eine begrenzte Zeit aufgehört hatte zu existieren. Die Polizeiberichte an Neujahr lauteten alle sehr ähnlich: „Mit Ausnahme einzelner Vorkommnisse war es sehr ruhig." Erst vier Tage später, als ausländische Medien begannen, vor Ort zu berichten, gaben die Pressegewaltigen zu, einen „Fehler" gemacht zu haben. Systematische Falschinformation ist langfristig natürlich kein Fehler. Und auch sonst hatte der Skandal keine Konsequenzen. Kein einziger der schätzungsweise zweitausend Täter wurde verurteilt. Nicht ein einziger führender Politiker machte sich ein Bild vor Ort. Keine der Lobbygruppen der sogenannten Flüchtlingshilfe fühlte sich angesprochen. Niemand übernahm eine Verantwortung, und die Opfer mußten sich verhöhnt fühlen. Ein Trost bleibt: Wenn Respekt und Humanität zu einem Monopol jener werden, welche „noch nicht so lange hier leben", dann ist die Betroffenheit ohnehin nur noch Heuchelei. Im einen Fall ist sie dem Bürger wie eine Pflicht auferlegt, im anderen Fall unerwünscht oder sogar untersagt. Staatlich choreographierte Empathie sagt sehr viel über eine Gesellschaft aus. Wäre der Begriff „Verschwörung" nicht so abgegriffen, könnte man in diesem Fall durchaus von einem „konspirativen Schweigen" sprechen.

*

Aya sitzt auf dem Sofa und kramt in ihrer Handtasche. Schließlich schüttelt sie genervt den Kopf und legt das Utensil zur Seite.

„Ich habe etwas vergessen", sagt sie ungefragt. „Ich werde es das nächste Mal mitbringen."

Ich stelle die Teekanne auf den kleinen Beistelltisch.

„Es gibt eine Frage, über die wir noch nie gesprochen haben. Vielleicht liegt es daran, dass sie so grundsätzlich ist."

„Dann stell doch einfach die Frage", sagt Aya.

„Wir wissen sehr genau, was wir nicht wollen und wogegen wir kämpfen. Aber gleichzeitig sind wir unfähig, ein Manifest zu formulieren. Wir haben keine klare Vorstellung von der Gesellschaft, die wir herbeiwünschen."

„Ist das überhaupt eine Frage?" antwortet Aya.

„Nein, aber es ist ein Problem. Wenn wir gefragt würden, was könnten wir antworten?"

„Wir könnten ganz ehrlich sein und erklären, dass wir uns diesbezüglich nicht unsere Hirne gemartert haben."

„Aber wird man uns dann ernst nehmen?" entgegne ich. „Ich habe mir Gedanken darüber gemacht, und es scheint mir zwei verschiedene Ansätze zu geben. Der erste Ansatz betrachtet die Gesellschaft als fragmentierte Anhäufung von Institutionen, Gesetzen und Regelungen aller Art. So könnten wir von einem sozialen Element zum nächsten gehen und unsere Forderungen stellen. Zum Beispiel wäre es sinnvoll, die Medienkonglomerate zu zerschlagen oder eine plebiszitäre Demokratie zu fordern."

„Was spricht dagegen?" entgegnet Aya. „Man wird sich mit diesen Details auseinandersetzen müssen. Wahrscheinlich braucht es auch eine neue Verfassung."

„Das wäre eine rein politische Lösung, eine Symptom-Behandlung, könnte man sagen."

„Und was ist Dein Vorschlag?"

„Ich halte einen kulturellen Ansatz für wegweisender. Was uns so anekelt, ist der Zeitgeist. Es ist diese Untertänigkeit, die Anbiederung an den Zwingherrn. Standest du auf einem Jahrmarkt je vor einem dieser Zerrspiegel, die einen einmal dürr und länglich aussehen lassen und dann wiederum hohl und breit?"

„Und wie willst du diese Spiegel justieren?" fragt Aya belustigt.

„Stell Dir vor, wir würden in einem angemessen großräumigen Haus wohnen, aber nur eine kleine Anzahl der Zimmer davon bewohnen. So ist es ein beengtes Wohnen, und wir könnten auf die Idee kommen, zu erkunden, was hinter all den weiteren Türen ist."

„Und was könnte da sein?"

„Das werden wir sehen, wenn wir sie öffnen und sie in unserem Sinn gestalten."

„Hoffentlich spukt es da nicht!"

„Wir haben uns auf eine Gesellschaft eingelassen, welche uns reduziert und ausbeutet. ‚Du sollst kein falsch Urteil reden wider deinen Nächsten' wird uns gepredigt, und genau das geschieht Tag für Tag seit Jahrzehnten. Der Ton ist in den letzten Jahren herrischer geworden und auch schamloser, aber das schüchtert mich nicht ein. Es ist und bleibt nämlich unser Haus. Und wenn sich in einem dieser Gemächer etwas abgespielt haben sollte, das verwerflich ist, dann sei es so. Ich werde die Schlüssel für diese Räume jedenfalls nicht aus der Hand geben."

Aya nickt. Sie hat mich verstanden.

*

Aya und ich haben uns in einem Café verabredet. Sie kommt ein paar Minuten zu spät.

„Bist Du für die Todesstrafe?" frage ich sie nach einigen Minuten oberflächlicher Plauderei.

„Im Augenblick nicht."

„Warum nicht?"

„Weil sie einen Rechtsstaat voraussetzt, und den haben wir nicht. Außerdem gehen wir bewegten Zeiten entgegen, und ich will nicht, dass der Staat solch ein Instrument gegen uns in die Hand bekommt."

„Ich verstehe Deine Einwände", entgegne ich. „Im Moment ist es so, wie du sagst."

Die Kellnerin bringt den Kaffee und wir schweigen eine Weile.

„Ich spüre, dass du etwas Heikles ansprechen willst", beginnt Aya.

„Du kennst das Sprichwort eines fernöstlichen Revolutionärs, der vor gar nicht so langer Zeit gestorben ist: ‚Bestrafe einen, erziehe hundert!' Konsequent weiter gedacht, kann man mit der Bestrafung eines einzelnen natürlich auch tausend erziehen. Die Strafe muß nur streng genug sein. Und daran knüpft sich noch ein weiterer Gedanke: Die Erziehung ist wahrscheinlich am wirksamsten, wenn die Bestrafung in einzelnen Fällen – zum Beispiel aufgrund der Gesinnung - schon vor der Tat erfolgt."

Aya hält sich eine Hand vors Gesicht, um zu verbergen, wie amüsiert sie reagiert.

„Das ist der makaberste Entwurf eines Rechtsstaates, der mir je zu Ohren kam."

„Denke an das berüchtigte Tribunal nach dem letzten großen Krieg zurück. Tatsächlich hatte bis dahin jeder Staat das Recht zum Krieg. Die Vorbereitung eines Angriffskrieges war völkerrechtlich gar kein Straftatbestand. Und so ist es faktisch bis heute, sonst hätte man bis zum heutigen Tag etliche Staatsmänner aufhängen müssen."

„Das stimmt. Aber worauf willst Du hinaus?"

„Willkür kann im Gewand des Rechts auftreten. Wahrscheinlich war das schon immer so. Am Ende eines Konflikts hat der Sieger die Gelegenheit, Recht neu zu setzen."

„Und was heißt das für uns?"

„Dass wir gut daran tun, uns weiterzuentwickeln. Wir stehen auf der Stufe der Buße, der Sühne und der Kniefälle. Stelle Dir für einen Augenblick eine hypothetische Begegnung mit Dschingis Khan vor. Du betrittst sein Zelt und machst ihm den Vorwurf, Millionen Menschen getötet zu haben. Er wird antworten: ‚In Wirklichkeit waren es noch viel mehr. Und im übrigen, mit wem glauben Sie eigentlich, es mit mir zu tun zu haben?'"

„Willst du wirklich in solch einem Staat leben? Ist das nicht dasselbe, was wir ansatzweise jetzt schon erleben?"

Aya war jetzt ernst geworden. Sie sieht mich fragend an.

„Ich spreche nicht von einem Dauerzustand", antworte ich. „Aber es braucht eine Zäsur. Es muß von da an jedem klar sein, dass der Kinderfasching zu Ende ist. Ich meine das im wahrsten Sinne des Wortes todernst."

„Wir sollten nüchtern bleiben", mahnt Aya an. „Mit blindem Haß ist uns nicht geholfen."

„Weißt Du, was mich von Zeit zu Zeit in Rage versetzt?"

Ich warte nicht auf ihre Antwort.

„Es ist die Verachtung auf die Eigenen. Ich meine damit nicht den narzisstischen Haß der Herrschenden. Es ist vielmehr die Enttäuschung über die Feiglinge und Verräter, die in jeder gesunden Kultur vorherrschen."

„Laß den Menschen Zeit! Es wird sehr stürmisch werden, und ich bin zuversichtlich, dass dann die wertvollen Charakterzüge unseres Volkes zum Vorschein kommen."

Ich gebe der Kellnerin ein Zeichen, um zu bezahlen.

*

In der alten Heimat hat die Infantilisierung der etablierten Politik einen neuen Höhepunkt erklommen. Eine Heranwachsende mit Asperger-Syndrom, also einer leichten Form des Autismus, und daher etwa mit der Reife einer Zwölfjährigen, hat zum Schulstreik aufgerufen, und alle sind ihre gefolgt. Nicht nur die Schulkinder, die einen unterrichtsfreien Werktag genießen, sondern auch die Regierung und das Präsidialamt. Kein Rektor wagt Disziplinarmaßnahmen auch nur anzudrohen. Stattdessen vergleicht ein Kirchenfürst die mental Erkrankte mit dem Erlöser und dessen Einzug in Jerusalem. Es gäbe Zeiten, da seien Propheten vonnöten, läßt er verlauten. Im Grunde genommen geht es um die Klimapolitik, die von Experten unterschiedlich bewertet wird, von der Politik jedoch zu einem zeitnahen Weltuntergangsszenario aufgeblasen wird, um von konkreten Problemen abzulenken. Die Kinder werden benutzt. Sie haben zwar das Gefühl, durch ihren Protest einen wichtigen Beitrag zum Wohl des Planeten zu leisten, merken jedoch nicht, dass die Schulverweigerung nur solange geduldet wird, wie sie den narzisstischen Bedürfnissen der Eliten gerecht wird. Auf die Schwärmerei mit viel Herz und Inklusion, aber ohne jeden Verstand, wird die Verwerfung folgen. Es ist gespenstisch, wie große Teile der Bevölkerung in den Bann des Regimes bar jeder Empathie geraten sind. Und es ist beunruhigend, wie ein politisches System eine Behinderte instrumentalisiert, um seine Ziele zu erreichen.

*

Die gestörte Persönlichkeit des Narzissten verbindet sich mit einer Schwäche. Er personalisiert sich selbst in einem Ausmaß, das die Optionen seiner Handlungen einschränkt. Indem er sich und seine Emotionen gleichermaßen absolut setzt, stehen seine Reaktionen auf Reize von vornherein fest. Nehmen wir ein Beispiel: Eine unbekannte Person schlägt drei Männern grundlos ins Gesicht. Der eine wird die Polizei rufen, der andere wird anfangen zu weinen und der dritte schlägt direkt zurück. Keine dieser Reaktionen ist per se verwerflich oder unangemessen. Der springende Punkt ist, dass eine empathische Person ihre Entgegnung reflektieren kann. Sie kann auf einen Reiz auf die eine oder andere Art reagieren, sie muß es aber nicht. Der Narzisst sagt, jemand hätte ihn verärgert. In den meisten Fällen war die Frustration schon von vornherein in ihm angelegt. Er hatte vielmehr auf eine Gelegenheit gewartet, sich über irgend etwas zu echauffieren. Jene Menschen, welche mit einem Narzissten abgeschlossen haben, werden auf besonnene Weise auf seinen Mißbrauch reagieren. Das bedeutet nicht, dass man mit dem Täter Mitleid haben müßte. Er ist so, wie er ist, und er kann sich nicht ändern, selbst wenn er es wollte. Aber er hat seinen Mitmenschen schweren Schaden zugefügt. In einzelnen Fällen kann er diese Schäden intellektuell erfassen, aber auch dann bleibt seine Reue aus. Niemand ist verpflichtet, ihm zu verzeihen, und die Option der Vergeltung bleibt bei den Opfern.

*

Das elektronische Postfach des Wahlkampfberaters Ryan Harris wurde gehackt und der Inhalt – weit über zehntausend Dokumente – peu à peu – der Öffentlichkeit zugänglich gemacht. Aus den Besprechungsaufzeichnungen mit der Kandidatin geht hervor, dass diese von vornherein in keiner Weise daran dachte, ihre Versprechen an bestimmte Wählergruppen im Falle eines Sieges umzusetzen. Dies ist in parlamentarischen Systemen nicht ungewöhnlich, wenige Tage vor der Präsidentschaftswahl dennoch ein bißchen peinlich. Ein ausländischer Geheimdienst wurde für die Einmischung verantwortlich gemacht und Forderungen nach mehr Zensur im Weltnetz gestellt. Eigentlich wäre die Angelegenheit nach der Wahl schnell vergessen gewesen, wenn nicht die genauere Durchsicht der Daten etwas ins Rollen gebracht hätte, das seither als Verschwörungstheorie gilt, neben widerlegten Vermutungen, zweifelhaften Unterstellungen sowie absonderlichen Umtrieben aber auch berechtigte Verdachtsmomente und unabweisbare Fakten ans Licht brachte. Die Korrespondenz des mächtigen Lobbyisten Harris enthielt in zahlreichen Textstellen Aussagen, die im wörtlichen Sinn nicht zu verstehen sind. So berichtet er etwa davon, „Hot Dogs" im Wert von mehr als zehntausend Dollar aus einem südwestlichen Bundesstaat ins Weiße Haus gesandt zu haben. Tatsächlich nimmt der Regierungssitz nur Nahrungsmittel von akkreditierten Zulieferern an. Warum man solch eine gewöhnliche Kost über eine Distanz kontinentalen Ausmaßes transportieren läßt, bleibt genauso unerklärlich wie die Frage nach dem Anlaß des mutmaßlich gutbesuchten Events. Mit dem gängigen Sprachcode der pädokriminellen Szene lassen sich die Ungereimtheiten leicht entschlüsseln. Eigentlich wäre damit ein Anfangsverdacht für polizeiliche Ermittlungen gegeben. Doch den Behörden sind aus politischen Gründen die Hände gebunden. Harris ist wie der Knoten eines Spinnennetzes, der sich mit verschiedenen mehr oder weniger prominenten Personen verbindet. Da ist etwa der jüngere Bruder von Harris. Auch er gehört zu den potentesten Figuren des Politbetriebs der Hauptstadt. Anders als Ryan vermittelt Andrew Harris nicht die Interessen der inländischen Großunternehmen, sondern bedient ausländische Regierungen mit seinem Rat und seinen Verbindungen. Ein Gesellschaftsmagazin hatte vor Jahren eine Reportage über die exklusive Innenarchitektur seines Penthouses veröffentlicht. Ein delikates Gesprächsthema dieser Zeit waren Malereien von spärlich bekleideten Mädchen und deren Züchtigung. Auf den Partys zerriß sich die Hautevolee förmlich das Maul über den epochalen Tabubruch, nachdem Andrew erklärt hatte, die Künstlerin verarbeite in ihren Werken frühkindliche Mißbrauchserfahrungen. Und da war noch eine weitere Kunstschaffende, bei welcher Andrew und Ryan Harris hin und wieder zu Gast waren: Rebecca Smolek galt als Ikone der Performance Art. In einem renommierten Museum verbrachte sie dreihundert Stunden damit, schweigend auf einem Stuhl einer anderen Person gegenüberzusitzen. Das Ergebnis war eine Reihe mehr oder minder mißlungener Selbstdarstellungen, welche mich als Psychologen keineswegs wunderten: Eine Kandidatin brach in hysterisches Kreischen aus, ein Mann stellte sich nach einer Weile auf seinen Stuhl und hielt eine wirre Rede an die Besucher und allerlei mehr. Smoleks Leidenschaft war das sogenannte spirituelle Kochen. Sie praktizierte eine esoterische Lehre, welche dem Menschen durch die kulinarische Verarbeitung von bestimmten Drüsensekreten – vor allem Muttermilch, Menstruationsblut sowie Sperma – schwer zugängliche Bewußtseinsebenen erschloss. Auch der Alterungsprozeß werde angeblich auf diese Weise verlangsamt. Bilder auf Smoleks Netzseite zeigen beispielsweise einen völlig enthaarten, nackten Mann in einem Zuber voll Sülze sitzen, aus dem gerade eine prominente, exzentrische Sängerin schöpft. Ein weiteres Bild zeigt Kreationen männlicher und weiblicher Leiber aus Teig, deren primäre sowie sekundäre Geschlechtsteile von den Gästen vergnüglich abgetrennt werden. Auf einem anderen Foto geht die Künstlerin mit einer Spitzhacke auf einen dieser Leiber los. Auf die Frage eines Journalisten, ob ihr Schaffen eher Kunst oder schon Kult sei, antwortete Smolek schlagfertig: „Was im Museum hängt oder auf Auktionen versteigert wird, ist Kunst. Der Rest ist Kult!"

*

In einer der Hauptstädte Europas ist eine Kathedrale in Brand geraten und teilweise zerstört. Polizeisprecher erklären noch vor der Löschung, dass ein Anschlag ausgeschlossen sei. Das stärkt nicht gerade das Vertrauen in die ehrliche Absicht der Politik, die Ursache aufzuklären. Das Gotteshaus sollte aufwendig saniert werden und war größtenteils von einem Gerüst umgeben. Schweißarbeiten galten als wahrscheinlicher Grund des Unglücks. Aber dann wurde bekannt, dass die eigentlichen Sanierungsarbeiten noch gar nicht begonnen hatten. Schließlich einigte man sich auf die Mißachtung des Rauchverbotes während des Aufbau des Gerüsts als Auslöser. Eine achtlos weggeworfene Zigaretten-Kippe soll also ein jahrhundertealtes Gebäude zerstört haben, das sowohl Revolutionen als auch Weltkriege überstanden hatte. Das ist nicht unmöglich, aber im Weltnetz überschlagen sich die Verschwörungstheorien. Man verweist auf die Serie von Anschlägen auf Kirchen, und die höhnischen Kommentare der islamischen Migranten heizen die Stimmung weiter an. Dabei war Brandstiftung kein typisches Instrument des fanatischen Terrors der Invasoren. Ihre Strategie bestand eher in der Tötung einer möglichst großen Anzahl Ungläubiger. Neben den konspirativen Besserwissern melden sich auffällig viele Abergläubische zu Wort. Sie sehen in dem Inferno ein Vorzeichen kommenden Unheils, manche gar den Untergang des Abendlandes. Dabei war die Kathedrale keineswegs das bedeutendste Bauwerk seiner Art. Seine Bekanntheit verdankte es vor allem dem touristischen Interesse sowie der literarischen Verarbeitung als Kulisse in einem Roman eines bedeutenden Dichters. Mich läßt das Ereignis völlig kalt. Personen waren nicht zu Schaden gekommen, und aus der Erfahrung des letzten Krieges weiß man, dass sich jedes zerstörte Gebäude rekonstruieren läßt. Aber meine Gleichgültigkeit geht tiefer. Schließlich ist es nicht irgendein Bauwerk, sondern ein Sakralbau. Unsere Vorfahren hatten mittels dieser beeindruckenden Kulturleistungen ihrem Glauben Ausdruck gegeben. Ich habe Respekt vor der Errungenschaft, aber die Motivation bleibt mir fremd. Die Tradition ist gebrochen. Das liegt nicht nur an dem fremden Ursprung dieser Religion und auch nicht an der Tatsache, dass ein dreißigjähriger Konfessionskrieg fast mein Land in den Abgrund gerissen hätte. Narzissten haben sowohl eine bestimmte Gestik als auch eine besondere Mimik. Ihr Lachen bei einer Begrüßung bedeutet nicht „Ich freue mich, Dich zu sehen", sondern: „Ich freue mich, dass Du verstanden hast, wie bedeutend ich bin." Ähnliches gilt für die ausgebreiteten Arme und den zum Himmel gerichteten Blick. Der Dalai Lama war der einzige spirituelle Führer gewesen, der seiner Sorge in bezug auf die Überfremdung unseres Kontinents Ausdruck verliehen hat. Die Oberhäupter des Christentums hingegen frönten von Anfang an einer universal aufgeblasenen Barmherzigkeit, die für die Eigenen nie galt. Und noch etwas anderes wird mir klar, wenn ich in mich gehe und diese tiefempfundene, eigene innere Kälte untersuche: Die rasante Degeneration jener Kulturen, die einst christlich geprägt waren, ist kein Zufall. Der Glaube hatte sich als das entlarvt, was er von Beginn an war und hat ein Vakuum hinterlassen, das die Dekadenz nun mehr und mehr ausfüllt.

*

Die Szene spielt in einem kleinen Saal, oder vielleicht ist das noch übertrieben, und man sollte von einem Hinterzimmer mit Bühne reden. Angekündigt ist ein Auftritt der *Cozy Bitches*. Im Scheinwerferlicht steht eine Person mit roter Perücke und Sonnenbrille. Sie ist als Frau gekleidet. Ihre Stimme ist elektronisch verzerrt. Das Publikum im Hintergrund ist nicht zu erkennen. Nur gelegentliches Gelächter oder Zwischenrufe sind zu hören. Es geht um die Opferung eines neugeborenen Kindes zu Ehren des Götzen Moloch.

„Es hat schon angefangen zu schreien. So legte ich es unserem Herrn zu Füßen."

Aus dem Vortrag geht nicht eindeutig hervor, ob die Person auf der Bühne das Kind selbst geboren hat oder einer anderen Frau entwendete.

„Unser Herr, Moloch, entschied sich, mein Geschenk anzunehmen."

Es folgt die Schilderung eines rituellen Infantizids. Die ganze Atmosphäre im Raum ist gespenstisch, und das Publikum reagiert amüsiert.

„Richy liebt Knaben!" ruft plötzlich eine Frau aus dem Zusammenhang gerissen. Gemeint ist der Eigentümer der Lokalität.

„Wirklich?"

Zunächst gibt sich die Person auf der Bühne ahnungslos.

„Ach, haben wir nicht alle unsere Vorlieben!" antwortet sie dann belustigt.

Das Publikum lacht und applaudiert.

*

Dekadenz macht sich in den westlichen Gesellschaften breit. Manche sprechen bereits von einer „Weimarisierung". In den zwanziger Jahren war es in der Hauptstadt der Besiegten zu einem unerwarteten Sittenverfall gekommen. Das hing einerseits mit einem hohen

Zustrom von Zuwanderern aus Osteuropa zusammen, andererseits mit der Abwertung der nationalen Währung im Zusammenhang mit den Reparationszahlungen. Prostitution, perverse Praktiken sowie Kinderhandel breiteten sich aus. Wie damals nehmen subversive Elemente auch heute Einfluß auf die Erosion der Sitten und Normen. Im Unterschied zur damaligen Zeit steht die Obrigkeit jedoch heute eindeutig auf der Seite der Zersetzer. Nach Unruhen in der Bevölkerung wegen eines besonders abscheulichen Mordes durch mehrere Migranten organisieren die etablierte Politik sowie führende Wirtschaftsunternehmungen aufgrund des wachsenden Unmuts unter der Bevölkerung ein „Konzert für Toleranz". Sogar der erste Mann im Staat sicherte seine Unterstützung zu und empfahl die Teilnahme. Als kleines Feigenblatt dieser Inszenierung wurde für den Toten eine „Schweigeminute" eingelegt, welche 17 gemessene Sekunden betrug. Dann begann eine Kaskade obszöner und zu Gewalt aufrufender Gesänge. „Ich tret' deiner Frau das Kind aus dem Leib!" schrie ein übergewichtiger Sänger auf der Bühne. Und das gehörte für die nächsten eineinhalb Stunden eher zur zurückhaltenden Lyrik dieser Auftritte. Wenn die Kamera ins Publikum schwenkte, dann sah der Zuschauer zumeist bürgerliche junge Leute ohne Migrationshintergrund. Sie tanzten und kannten die Liedtexte auswendig. Dem Haß auf das Eigene war keine Grenze mehr gesetzt.

*

Als ich aufwache, schaut Aya mir in die Augen. Sie liegt neben mir und hat ihren Kopf auf die linke Hand gestützt.

„Ich habe schlecht geschlafen", sagt sie leise. „Es sind apokalyptische Alpträume, und ich habe Angst, sie könnten Vorboten der Zukunft sein."

Ich lege ihr meine Hand auf die Schulter und überlege, wie ich sie beruhigen könnte. Sie dreht sich auf den Rücken und blickt auf die Zimmerdecke.

„Was wird am Ende stehen? Ich meine damit nicht das Szenario, in welchem wir in einer Minderheitengesellschaft selbst als Minorität leben müssen. Ich denke vielmehr an die Reaktion den Regimes, wenn ihm der Gehorsam verweigert wird und es selbst realisiert, dass endgültig Schluß ist."

„Man kann mit einem Narzissten keine Beziehung unterhalten, ohne selbst Schaden davonzutragen. Es sind keine Kompromisse mit ihm möglich. Er wird sich nie ändern, sondern allenfalls taktieren. Das unterscheidet unsere historische Situation von den Konflikten der Vergangenheit."

„Und wie wird er reagieren, wenn er unmißverständlich zurückgewiesen wird?"

„Er wird mit Frustration reagieren, mit Hysterie und Chaos."

„Dann sind meine Träume also alles andere als unbegründet."

„Laß uns weiterschlafen. Denke dabei daran, wie wir ein Haus entrümpeln und es geschmackvoll einrichten. Es sind so viele Einzelheiten, über die wir entscheiden müssen: die Gartenstühle, die Beleuchtung und so weiter."

Nach einer Weile höre ich sie leise schnarchen. Dann schlafe auch ich wieder ein.

*

Ein festgefügtes Regime kollabiert fast nie von einem Tag auf den anderen. Meist gehen Eruptionen voraus. Weite Teile der Bevölkerung fühlen sich von der Politik entfremdet, und der Unmut wächst. Der Staat ist gezwungen zu reagieren, und die Repression nimmt zu. Trotzdem setzt die Fähigkeit zur Rebellion ein gewisses Maß an Langmut voraus. Im Zusammenhang mit narzisstischem Mißbrauch kann man auch von „Akzeptanz" sprechen. Dieser Begriff ist nicht mit Einverständnis zu verwechseln. So muß ein Mitarbeiter zum Beispiel akzeptieren, dass sein Kollege befördert wird, obwohl eigentlich eine andere Person den Karrieresprung verdient hätte. Akzeptanz in diesem Sinne ist schmerzhaft. Sie macht die erlittenen Verwundungen durch den Narzissten spürbar, den Schaden, den er verursacht hat und die verlorene Zeit, die nicht mehr wiederkommen wird. Trotzdem ist diese Phase notwendig. Sie geht dem Bruch mit dem Täter voraus. Beobachtet man Zugvögel auf der Rast, zum Beispiel auf einem Teich, dann stellt sich die Frage, wer oder was über den Zeitpunkt des Aufbruchs entscheidet. Wahrscheinlich sind die stärksten Vögel jene, die beginnen, symbolisch flatternd aufzusteigen und so sondieren, wie viele Artgenossen ihnen jetzt schon folgen würden. Dieses Szenario wiederholt sich mehrere Male. Jedesmal sind es eine größere Anzahl an Vögeln, die bereit wären, weiterzuziehen. Am Ende ist der entscheidende Punkt erreicht, und der gesamte Schwarm erhebt sich mit einem Mal wie auf Kommando.

*

Die schwersten Erdbeben entstehen durch die Verschiebung tektonischer Platten an den Bruchfugen der Lithosphäre. Meist geht dem Hauptbeben ein sogenanntes Vorbeben voraus. Dessen Wucht der Erschütterung ist in der Regel weitaus kleiner und die Zerstörung manchmal nicht einmal sichtbar. Im übertragenen Sinn war das gesellschaftliche Vorbeben auf eine spezifische Branche und deren Prominenz beschränkt. Eine bekannte Schauspielerin hatte in einem Interview einen der mächtigsten Produzenten der Traumfabrik, Zvi Streymel, der sexuellen Nötigung bezichtigt. Dieser reagierte mit juristischen Schritten seiner hochbezahlten Anwälte und beendete die Karriere des Stars kraft seines Einflusses. Damit schien die Angelegenheit zunächst erledigt zu sein. Streymels Rang galt als unantastbar. Wer es wagte, sich mit ihm anzulegen, war für immer aus dem Geschäft. Wer ihm hingegen seine Loyalität und Verschwiegenheit bewies, dem öffneten sich die Tore für einen kometenhaften Aufstieg in der glitzernden Welt der Filmstudios.

Aber dann kam alles anders. Immer mehr Frauen warfen Streymel Übergriffe sowie in sechs Fällen Vergewaltigung vor. Zu Streymels Masche gehörte es, die Bewerberinnen zu einem Gespräch in ein teures Hotelzimmer zu bitten. Dort, jenseits aller Zeugen, verband er seine Angebote unverhohlen mit geschlechtlichen Forderungen. Eine gewisse Anzahl von Frauen soll das Arrangement akzeptiert haben. Jene, welche sich widersetzten, bedrohte er mit Gewalt oder zwang sie, seinen abseitigen Handlungen beizuwohnen. Eine Zeugin berichtete, wie sie ihm bei der Masturbation in eine Blumenvase zusehen mußte. Andere drängte er zu einem gemeinsamen Toilettengang. Und eine seiner Sekretärinnen bestellte er, nackt auf dem Bett liegend, in sein Schlafzimmer zum Diktat. Als fast hundert Frauen Anklage gegen Streymel erhoben, schaltete sich die Staatsanwaltschaft ein. Seine Paladine begannen sich einer nach dem anderen von ihm abzuwenden, und seine Ehe wurde geschieden. Finanziell stand Streymel und sein Unternehmen vor dem Ruin. Die bedeutendste Filmindustrie der Welt hatte sich als eine durch und durch korrupte Subkultur entpuppt. Dabei war Streymels narzisstische Sucht nach Macht und Ergebenheit von besonderer Art. Sein Unvermögen, Frauen – wie auch allen anderen Menschen – aus sich heraus einen persönlichen Wert zuzuerkennen, verleitete ihn dazu, sie in zwei Kategorien einzuteilen: Die Gruppe der „Nonnen", zu denen vor allem seine Mutter, aber auch all jene Geschlechtsgenossinnen gehörten, die deren Religionsgemeinschaft teilten sowie die Gruppe der „Huren", also aller anderen Frauen. Eine Angehörige der „Nonnen" konnte durchaus zum gefallenen Engel werden, wenn sie den Normen ihrer Kategorie nicht gerecht wurde. Streymel praktizierte eine narzisstische Scheinethik, die in Binnen- und Außengruppe unterschied. Unter den Opfern seiner jahrzehntelangen Übergriffe war übrigens keine einzige „Nonne" gewesen.

*

Das Scheitern eines Narzissten ist ein verhängnisvoller Prozeß. Er beginnt mit einer Enttarnung. Die Mogelpackung fliegt auf, und das Spiel ist durchschaut. Normalerweise ist der Narzisst nicht von einer einzigen Quelle abhängig. Man spricht daher auch vom „narzisstischen Harem". Ist die Hauptzufuhr an emotionaler Versorgung abgestellt, wird er versuchen, sich neue Wirte zu suchen. Allerdings ist dies nicht immer einfach, da jede Person mit dieser Störung ihre eigenen Präferenzen hat. Gelingt es dem Narzissten nicht, nach einer erfolgten Destabilisierung neue Opfer zu vereinnahmen und eine ausreichende Gefühlsversorgung auf Kosten anderer wiederherzustellen, wird er mit seiner inneren Leere konfrontiert. Das ist seine größte Angst. Er fürchtet nicht, mit den desaströsen Konsequenzen konfrontiert zu werden, für die er verantwortlich ist. Es ist das eigene Nichts, das ihn ängstigt. Wenn die Kulissen zusammenbrechen, steht er vor seinem eigentlichen Wesen. Dies ist, was er mit allen Mitteln verhindern wollte. In diesem Stadium setzt meist eine Depression ein. Die Selbstüberschätzung schmilzt dahin, suizidale Neigungen verstärkten sich, der innere Antrieb kommt ins Stottern, und Suchterkrankungen stellen sich ein. Während die Vergangenheit zur Obsession wird, ist der Blick auf die Zukunft mit Ängstlichkeit behaftet. Eine nach unten gerichtete Spirale des Verfalls setzt ein. Manche Narzissten vernachlässigen am Ende ihre Körperhygiene und lassen sich gehen. Sie geben sich nun als Opfer jener Personen aus, mit denen sie in Verbindung standen. Das Werben um Mitleid ist ihr letzter Betrugsversuch. Fällt niemand mehr darauf hinein, ist ihre Existenz am Ende.

*

Am Anfang war es nur ein Unbehagen gewesen. Das immer wieder aufs neue aufflackernde Gefühl, dass etwas faul sei in diesem Land. Viele Menschen verdrängten diesen Affekt. Manche verdächtigten sich selbst einer selektiven Wahrnehmung, andere fürchteten sich vor dem Vorwurf, konspirativen Theorien aufzusitzen. Die ältere Generation aus jenem Teil des Landes, das vor nicht allzulanger Zeit noch unter der letzten Diktatur zu leiden hatte, verstand es, zwischen den Zeilen zu lesen. Sie war vom Regen in die Traufe geraten und ließ ihren Unmut im Rahmen des zivilen Ungehorsams hin und wieder erkennen. Dann spitzte sich die Lage innerhalb weniger Wochen und Monate zu, und das gesamte Ausmaß des Tiefen Staates wurde sichtbar: die Verfilzung der Parteien mit den Medien, die weitgehende Aufhebung der Gewaltenteilung sowie die Korruption in Justiz, Politik und Exekutive. Wir leben in einer Fassaden-Demokratie. Der Rechtsstaat ist eine Farce. Das Staatsvolk war nie der Souverän gewesen, und jene, welche behaupteten, ihn zu vertreten, waren seine gefährlichsten Feinde. Selbst ein Erdrutschsieg der unangepaßten Opposition bei Wahlen – so unwahrscheinlich dies angesichts von Wahlfälschung und Parteienverboten auch war – hätte keine Aussicht auf einen grundsätzlichen politischen Kurswechsel gehabt. Von langer Hand waren Verbindungen geknüpft, Schlüsselpositionen besetzt und Institutionen unterwandert worden. Eine neue Führung wäre von Anfang an blockiert gewesen.

*

Ich komme ins Wohnzimmer und setze mich neben Aya. Im Fernsehen läuft eine langweilige Quiz-Show. Nach einer Weile nimmt Aya die Fernbedienung in die Hand und stellt das Gerät ab.

„Ich habe mir Gedanken über unsere Gesellschaft und die Gesundheit der Bevölkerung gemacht", sagt sie nachdenklich.

„Und zu welchem Ergebnis bist Du gekommen?"

„Könnte es sein, dass es einen Zusammenhang zwischen der dauernden Anstrengung des Narzissten, sein fragmentiertes Selbst zu verbergen, und der Häufung dieser Zerbröselungs-Krankheiten gibt?"

„Was sollen das für Gebrechen sein?"

„Rheuma, Demenz und diese Alzheimer-Geschichten," erwidert Aya.

Ich muß leise lachen. Aya war für eine Operation wie die unsere die beste Assistentin, die man sich wünschen konnte. Das lag daran, dass sie kein Zögern kannte und sich jeder auf sie verlassen konnte. Andererseits dachte sie nie tiefschürfend über die letzten Dinge nach und war eher praktisch veranlagt. Vielleicht war ihre Bemerkung dem Wunsch geschuldet, am Ende werde doch alles gut ausgehen.

„So einfach werden sich die Zustände nicht von selbst erledigen", gebe ich ihr zu verstehen.

Eine Weile denke ich darüber nach, wie ich meinen Pessimismus begründen könnte. Dann erzähle ich ihr die Geschichte einer ehemaligen Patientin und deren Partnerschaft mit einem schwer narzisstisch gestörten Ehemann. Da ich ihn nie zu Gesicht bekommen hatte, war ich mir in meiner Diagnose nicht ganz sicher. Es könnte sich bei ihm auch um einen Psychopathen gehandelt haben.

„Sie berichtete mir über eine etwa einstündige Autofahrt mit ihrem Mann am Steuer und ihr selbst als der einzigen Beifahrerin. Unmittelbar nach dem Anlassen des Motors veränderte sich die Stimmung ihres Gatten. Es war, als ob sich um ihn ein Magnetfeld negativer Energie bildete. Sie schilderte mir die Atmosphäre wie eine elektrische Aufladung oder ein Vibrieren. Die ganze Fahrt über wurde kein Wort gesprochen. Meine Patientin hatte panische Angstgefühle und wagte nicht einmal, ihren Partner anzusehen."

„Ich kann mir die Situation vorstellen", sagte Aya nach einer Pause, so als wünsche sie sich, dass ich weitererzähle.

„Sie und ihr Gatte hatten sich bereits mehrfach voneinander getrennt. Immer wieder ließ er sich auf neue Affären ein, kam aber nach einiger Zeit zu ihr zurück. Er verstand es, ihr das Gefühl zu geben, er wolle sie zurückerobern. Zärtliche Schmeicheleien gingen in dieser Phase von ihm aus. Er machte kleine Geschenke und entschuldigte sich für Bagatellen. Dann ging das Spiel von vorne los, und es entstand eine Endlosschleife von Verletzungen, Erniedrigungen und Wiederannäherungen in immer kürzeren Zeitabständen. Während das Selbstwertgefühl meiner Patientin kontinuierlich schrumpfte, wurden die flüchtigen Komplimente ihres Gemahls immer oberflächlicher. In seiner infantilen Art muß man sich ihn wie ein Kind vorstellen, das eine Puppe aus einer Kiste nimmt, eine Weile damit spielt und schnell beginnt, sich zu langweilen. Er wirft die Puppe in eine Ecke und beschäftigt sich mit einem anderen Spielzeug, bis auch davon kein Reiz mehr ausgeht und er sich wieder der Puppe zuwendet. Das Ganze ist mit einem hohen Maß an Destruktivität verbunden, und der Figur fehlen am Ende die Gliedmaßen, die Haare sind abgeschnitten und das Gesicht ist mit einem Kugelschreiber verkritzelt."

Ich holte mir etwas zu trinken aus der Küche.

„Zurück zu der eingangs erwähnten Autofahrt: Die Frau war der Überzeugung, diese Stimmung sei ein einmaliger emotionaler Tiefpunkt gewesen. So weit schien ihr Gatte gehen zu können. In Wirklichkeit hatte der Mann während der Fahrt sein wahres Gesicht enthüllt. So und nicht anders war er immer gewesen. Er hatte sich in anderen Situationen nur kaschiert. Dieses eine Mal hatte er seinen Haß und seinen Neid offen gezeigt."

„Und wie ging es am Ende aus?" fragte Aya.

„Die Patientin war eine schwierige Person gewesen. Immer wieder suchte sie bei sich selbst die Schuld. Wiederholt warf sie mir vor, ich wolle ihr nicht helfen, sondern schaden. Aber am Ende war sie einsichtig und stabilisierte sich. Als sie fast nichts mehr zu verlieren hatte, machte sie ihrem Peiniger klar, dass sie ihn durchschaut hatte. Der kontaktierte sein Opfer nie mehr."

„Hast du nochmals von ihr gehört?"

„Etwa zwei Jahre später erhielt ich einen Brief von ihr. Sie war weggezogen und hatte eine neue Existenz aufgebaut. Kein großer

Wurf, aber es ging ihr gut. Das Happy-End ist politisch eigentlich unwichtig. Es geht um etwas viel Wichtigeres: Wir alle sind, ähnlich wie die Patientin, von einem Wahn befallen. Keiner von uns – nicht einmal ich selbst – kann abschätzen, zu welcher Teufelei dieses Regime fähig ist. Der größte Teil der Bevölkerung lebt in einer Scheinwelt und auch jene, die hin und wieder aufmüpfig werden, lassen sich willig aufs neue umwerben."

*

Richy Kouseoglu ist die zentrale Person in diesem Skandal, der sich bis in die mächtigsten Gesellschaftskreise zieht. Der ehemalige Schulabbrecher ging mit einer kitschigen Kunstgalerie pleite, bevor er in die Gastronomie einstieg und mit zwei eher mittelklassigen Restaurants Erfolg hatte. Dass er fünfmal auf der Besucherliste des Weißen Hauses stand, beruht wahrscheinlich auf seiner früheren Liebschaft mit einem hohen Politikfunktionär. *Richy's Bowling* ist ein Steak-Restaurant im Zentrum der Hauptstadt. Im Eingangsbereich hängt ein Foto des Gastronomen mit Andre Harris. Mehrfach wurden in der Gaststätte Spendenaktionen für die Partei abgehalten. Sie besteht aus einem Restaurant-Bereich, zwei separaten Bowling-Bahnen und einem Raum, der an den meisten Tagen für Auftritte weitgehend unbekannter Gesangskünstler genutzt wird. Hin und wieder treten hier auch Künstler wie die *Cozy Bitches* auf. Sie bedienen einen treuen Kreis von Anhängern, die das Grenzwertige suchen. Nichts an diesen Auftritten ist konspirativ. Sie werden öffentlich beworben und haben nicht einmal eine Altersgrenze. Besucht man ihre Netzseite, so wird man mit einem einfachgestrickten Satanismus zweier Transsexueller konfrontiert. Einer der beiden war als Kind ein bekannter Serienschauspieler. Als Erwachsener hat er gegen einen seiner früheren Filmpartner Mißbrauchsvorwürfe geltend gemacht. Mit der Beschwörung düsterer Mächte in ihrer Show wollen sie dem Publikum die Möglichkeit bieten, sich seiner eigenen dunklen Persönlichkeitsanteile bewußt zu werden. Zum Programm ihrer Darbietungen gehören auf Wunsch auch rituelle Schlachtungen von Kleintieren. Dies ist aus juristischer Sicht jedoch der einzige umstrittene Punkt des makaberen Theaters.

*

Eine letzte wichtige Figur in dem Skandal um den Kinderhandel ist der Investmentbanker David Reuben. Ihm gehört eine Inselgruppe in der Karibik, welche Teil des amerikanischen Staatsgebietes ist. Außer ihm, seinen Gästen sowie einigen Angestellten hat niemand Zugang zu dem geheimnisumwitterten Privatgelände. Auf der Passagierliste seines Privatjets, den die Sensationsmedien „Elysium-Expreß" nannten, stehen der amtierende Präsident, die ehemalige Außenministerin, eine Reihe von Superreichen, ein Angehöriger eines europäischen Adelshauses sowie Richy Kouseoglu. Der ehemalige Präsident war sage und schreibe 27mal an Bord, auch wenn die Maschine nicht immer die berüchtigten Inseln anflog, sondern andere Anwesen in Besitz Reubens. In den meisten Fällen erließ er für die Zeit dieser Reisen eine schriftliche Order, welche seinen Personenschutz freistellte. Schließlich kam es zu einer gerichtlichen Verhandlung, nachdem über 30 Frauen Reuben wegen sexueller Übergriffe sowie Vergewaltigungen angeklagt hatten. Die jüngsten Opfer waren zur Tatzeit zwölf Jahre alt, die ältesten sechzehn. Mit fast allen Frauen einigte der Milliardär sich außergerichtlich. Wieviel Geld dabei floß, ist bis heute unbekannt. Am Ende wurde Reuben zu dreizehn Monaten Haft unter „privilegierten" Bedingungen in einem einst stillgelegten und eigens für ihn wieder hergerichteten Gefängnistrakt verurteilt. Dazu kamen noch drei Monate Hausarrest, oder was man im weitesten Sinne darunter verstehen kann, wenn Auslandsreisen bei den Behörden angemeldet werden müssen. Unter seinen ehemaligen Gästen auf der „Insel der Orgien" waren nicht nur Ryan und Andrew Harris gewesen, sondern auch der juristische Hochschullehrer und Star-Anwalt, der ihn in dieser Angelegenheit vor Gericht verteidigt hatte.

*

Den äußersten Grad von Narzissmus besetzt der Psychopath. Seine Persönlichkeitsstörung unterscheidet sich substantiell von anderen Formen narzisstischen Mißbrauchs, weil er keine Mitmenschen braucht. Der gewöhnliche Narzisst benötigt Beziehungen zu anderen Personen für seine Zufuhr an externem Selbstwert. Er hat durchaus Gefühle, allerdings nur in bezug auf sich selbst. Diese Beziehungen haben den Zweck, seine innere Wunde zu verarzten, die betreffenden Personen dienen nur diesem einen Ziel. Da Menschen mit seinem beschädigten Selbst in Kontakt kommen, ist er trotz seiner Tarnung – wenn auch nicht auf den ersten Blick – am Ende durchschaubar. Wenn er tötet, dann hat das meist mit seinem inneren Konflikt zu tun, den er nicht länger beherrschen kann. Der Psychopath ist in mehrerer Hinsicht anders. Er hat auch in bezug auf sich selbst keine Gefühle und benötigt deshalb auch keine Kontakte zu anderen Personen. Obwohl seine Persönlichkeit mindestens so gestört ist wie diejenige der Narzissten, bedarf er keiner emotionalen Nahrung von außen. Daher kann er sehr lange unerkannt agieren. Das einzige, womit er seine innere Leere kompensiert, ist Macht. Er tötet nicht aus Verzweiflung oder Haß, sondern aus Vergnügen.

*

In der Zeit, als das Geschlecht des Menschen noch als Konstante betrachtet wurde, konterte ein sensibler Literaturwissenschaftler den oft sehr aggressiven Feminismus in seinem Land mit einer Veröffentlichung, die überraschte. Er setzte der Feindseligkeit der Vertreterinnen dieser Ideologie nicht etwa adäquate Vorwürfe entgegen, sondern ignorierte sie von Anfang an. Vielmehr machte er darauf aufmerksam, dass tatsächlich – zumindest in der westlichen Welt – etwas mit den Männern schiefgelaufen war. Wenn ich mich richtig erinnere, dann verwendete er den Begriff „Narzissmus" nicht. Vielmehr beklagte er, dass der Maßstab für Maskulinität unserer Zeit keine innere Substanz hätte. Sie wirke künstlich und aufgesetzt. Die meisten Männer bewerten sich anhand von jenen Attributen, die Frauen bei der Partnerwahl bevorzugen: Statussymbole, Einkommen, Karriere und Vermögen. Damit begeben sie sich in eine gefährliche Abhängigkeit und machen sich leicht angreifbar. Die wahre männliche Identität ist jedoch nicht selbstverständlich und hat mit obigem Leistungssoll wenig zu tun. Sie beruht vielmehr auf der persönlichen Konstellation der Herkunftsfamilie und einem Individualisierungsprozeß, welcher der Psychologie C. G. Jungs nahekommt. Als mitteleuropäisches Märchen vom *Eisenhans* ist sie Teil unseres kollektiven Gedächtnisses und läuft auf Stärke und Tugend hinaus. Die Lehre von der Beliebigkeit des Geschlechts in heutiger Zeit läßt die Vorstellungen des skandinavisch-stämmigen Denkers als passé erscheinen. Wenn ich mir die konkreten Ergebnisse unseres kulturellen Verfalls betrachte, bekomme ich Angst. Wir sind drauf und dran, eine Identität zu entwickeln, die an Scheußlichkeit kaum zu überbieten ist.

*

Etwa zeitgleich mit dem Durchstechen des ominösen Datenmaterials von Ryan Harris wurde auch der Computer von Richy Kouseoglu gehackt. Es wurde keinerlei Korrespondenz entdeckt, stattdessen kam eine Galerie mit rund 200 Bildern an die Öffentlichkeit. Keines dieser Fotos war im juristischen Sinne verboten. Den Betrachter verstörte vielmehr die scheinbare Banalität des angedeuteten Grauens. Ein Teil des Materials bestand ausschließlich aus Symbolbildern: Lollypops in verschiedenen Farben und Formen, Eis am Stil in Gestalt von Schmetterlingen und vielem anderen. Die Kommentare in der Spalte neben den Abbildungen ließen die Neigungen, Praktiken und Präferenzen erkennen, welche die Sinnbilder vermittelten. „Kleinkind-Liebhaber" stand neben einem Herz, das ein kleineres Herz bildlich einschloß. Drei offensichtlich homosexuelle Männer posierten vor einem Swimmingpool. Der mittlere von ihnen trug ein T-Shirt mit der Aufschrift „Ich liebe Kinder" in fehlerhaftem Französisch. Ein etwa sechsjähriges Mädchen ist gefesselt über einen Tisch gebeugt. Im Hintergrund erkennt man den Rumpf eines Mannes in knielangen Shorts und die Kegelbahn im *Richy's Bowling*. Es ist das einzige Foto, zu dem sich Kouseoglu gegenüber Journalisten äußerte. Wahrscheinlich hatten ihm seine Anwälte dazu geraten. Das Bild sei im Rahmen eines Kindergeburtstags entstanden. Die Eltern des Mädchens wären zugegen gewesen, und es selbst hätte der Fesselung zugestimmt. Das läßt sich nachträglich nicht überprüfen. Die Fesselung macht zudem für Spielereien von Kindern einen ungewöhnlich professionellen Eindruck. Immer wieder erscheint Kouseoglu selbst mit Kleinkindern auf dem Arm. Nach eigenen Angaben ist er kinderlos. Niemand kann sagen, wo die Bilder aufgenommen wurden und wer die Kinder sind. Ich stoße auf eine Fotografie, die sich in diesem Zusammenhang schwer einordnen läßt. Ein auf dem Boden liegender, unbekleideter Mann scheint mit einem Hund zu kämpfen. Auf den zweiten Blick bekommt der Betrachter Zweifel, ob das Tier überhaupt ein Hund ist oder eher eine Hyäne. Außerdem handelt es sich um ein ausgestopftes Präparat, dessen Füße auf einem Brett stehen. Es hat den Anschein, dass der Mann dem Tier seine Zunge in den Rachen stecken will. Die Bildüberschrift lautet „Vogelfütterung". Zunächst bin ich ratlos, dann geht aus den Kommentaren der Sinn hervor. Es handelt sich um eine Praktik, bei der die Kinder mit offenem Mund vor ihrem Schinder knien. Wie junge Vögel um den hochgewürgten Mageninhalt ihrer Eltern konkurrieren, sind die Opfer gezwungen, sich in dieser Weise beschmutzen zu lassen. Mir wird übel, und ich lade das nächste Bild hoch. Es zeigt ein grotesk geschminktes Kindergesicht mit einem Mund wie ein Clown und dunkel umrandeten Augen. Ein Kommentar deutet an, mit was die Kinder wirklich verschmiert werden. Dann kommt eine Fotografie, welche mit dem Titel „Der Schlachtraum" überschrieben ist. Es zeigt einen leergeräumten Kühlraum. Die Wände sind gefliest, der Boden auch. „Spül's einfach weg, wenn du damit fertig bist!" lautet einer der Kommentare. Ein anderer will „das nächste Mal mit dabei sein". Dann wieder ein Pandabär als Symbolbild. Kommentare gibt es dazu keine. Es sind immer dieselben Personen, welche den Fotos das Prädikat „Gefällt mir" verleihen oder Anmerkungen dazu machen. Könnte es sein, dass jedes der Bilder dieser Galerie nur ein einzelnes Exemplar einer ganzen Serie ist?

Wo wäre der gesamte Katalog an Fotografien zu finden? Oder sind ein Teil der Aufnahmen gar Reste realer Veranstaltungen?

*

Der pathologische Narzisst sieht in seinen Mitmenschen nur Objekte zur Benutzung. Sind sie am Ende durch seinen Mißbrauch seelisch und körperlich zerstört, verliert sich sein Interesse an ihnen. Sie werden entsorgt wie eine leere Weinflasche. Narzissmus verbindet sich deshalb oft mit einem Element der Entmenschlichung. Je weniger einen Menschen mit einem anderen Lebewesen verbindet, desto weniger ist er bereit, für es Empathie zu empfinden. Kaum jemand hat ein Problem damit, eine Küchenschabe zu töten. Bei Säugetieren ist es schon anders. Manche Menschen haben ein inniges Verhältnis zu Hunden oder Pferden. Sie würden sich empören, wenn diese Tiere mißhandelt oder gequält würden. Aufgrund dieser Anteilnahme wird ihr Fleisch in vielen Kulturen nicht gegessen. Dabei leidet ein Huhn unter falscher Haltung oder Schlachtung nicht weniger. Heute bezeichnet man Päderasten im klinischen Jargon als „Personen mit gestörter Sexualpräferenz". Ihre Opfer sind der Gewalt hilflos ausgesetzt. Ihr Mißbrauch verschafft dem Täter eine Lust, die an Allmacht grenzt.

*

Etwa drei Wochen, nachdem die private Fotoserie Kouseoglus der Öffentlichkeit bekannt und in den sozialen Medien diskutiert wurde, kam es in *Richy's Bowling* zu einem komödiantischen Zwischenfall. Ein mit einem Messer und einem Gewehr bewaffneter Mann stürmte allein in das Restaurant, begutachtete alle ihm zugänglichen Bereiche und ergab sich dann ohne jeden Widerstand der Polizei. Die Medien griffen den Vorfall begierig auf, und es wurde schnell bekannt, dass der Unbekannte ein arbeitsloser Schauspieler war, der für diese Aktion zwei Bundesstaaten durchquert hatte. Es war von Gewalt die Rede, welche in den alternativen Medien geschürt worden sei. Manche Zeugen sprachen von drei Schüssen, die Polizei berichtete von einem gezielten Schuß in den Computer des Lokals, dessen Festplatte nun irreparabel zerstört worden sei, und wieder andere Gäste konnten sich nicht daran erinnern, dass überhaupt ein Schuß gefallen war. Ricky Kouseoglu war zu dieser Uhrzeit nicht im Restaurant gewesen. Der Täter gab als Motiv an, er habe mutmaßliche Kinder, welche in dem Gebäude gefangengehalten wurden, befreien wollen. Dabei hatten auch die erbitterten Feinde Kouseoglus nie behauptet, es würden in dieser Örtlichkeit Minderjährige festgehalten. Der Restaurant-Besitzer präsentiert sich jetzt selbst als Opfer. Die Anfeindungen führt der Gastronom auf seinen offenen Umgang mit seiner gleichgeschlechtlichen Orientierung zurück und beklagt Haßbotschaften und sogar Morddrohungen. Sein Auslieferer-Service würde inzwischen nur noch Anrufe aus dem eigenen Distrikt annehmen. Auf die Fotos selbst angesprochen, äußert Kouseoglu: „Ich habe mich schon immer für die Freiheit der Kunst eingesetzt." Die Politik greift die Gelegenheit dankbar auf, um eine Verschärfung der Waffengesetze und eine weitere Einschränkung der Redefreiheit zu fordern. Aber auch die bunten Bürgerrechtsgruppen machen mobil und organisieren für Kinder unter zwölf Jahren ein kostenloses Fest in *Richy's Bowling*. Es gelte, all jenen in der Gesellschaft entgegenzutreten, welche Haß und Vorurteile schürten.

*

Die menschenverachtenden Bilder lassen mich nicht mehr los. Es scheint ein Element der Bipolarität in der Serie enthalten zu sein. Die Fotos, die Kouseoglu mit Kindern zeigen, sind unauffällig. Oft hält er sie auf dem Arm, und das Kleinkind scheint glücklich zu sein. Es hat den Anschein, dass Kouseoglu ihnen gegenüber ein besonderes Vertrauen ausstrahlt. Da müssen Phasen der Verführung, der Benutzung und letztlich der Zerstörung aufeinanderfolgen. Anders kann ich mir den Sachverhalt nicht erklären. Was die Natur des Narzissten ausmacht, das Fehlen jeder echten Empathie, beruht auf einer bestimmten Form des Neides. Seine Mißgunst richtet sich gegen das authentische Leben, die echte Zuneigung zwischen Menschen, überhaupt: das Glück der anderen. Aber nicht nur das Objekt des Neides ist spezifisch, sondern auch die emotionale Intensität. Nicht selten beruht Neid auf dem Begehren des materiellen Besitzes oder der Erfolge anderer Personen. Doch der Neid des Narzissten liegt sehr nah am Haß. Es geht ihm nicht darum, denselben Sportwagen zu fahren, welchen sein Nachbar jeden Sonntag voller Stolz wäscht. Es geht ihm vielmehr darum, diesen Gegenstand zu beschädigen oder zu zerstören. Ähnlich verhält es sich mit seiner Beziehung zu Mitmenschen. Im Grunde genommen sind sie ihm als Personen völlig gleichgültig. Bestenfalls können sie für ihn, zum Beispiel als Geschäftspartner, von Nutzen sein. Wenn sie sich nicht mehr instrumentalisieren lassen, wird er ihnen zu erkennen geben, dass sie seinen Maßstäben nicht gerecht werden. Sie waren seiner von Anfang an gar nicht würdig. Demütigung, Verunglimpfung und andere Arten der Abwertung sind die Folge. Am Ende kann die Vernichtung stehen.

*

Spätestens zum jetzigen Zeitpunkt war mir etwas klar geworden. Die Lehre von den unzähligen Geschlechtern, die damit verbundenen politisch-korrekten Sprachvorgaben sowie die schrille Öffentlichkeit von allerlei Abartigkeiten waren keine zufälligen Erscheinungen. Sie waren auch nicht das Endziel einer betont libertären Politik. Wir lebten vielmehr in einem Zustand der Etappe. So, wie eine Gruppe Bergsteiger vor dem Erklimmen des Gipfels, der unsichtbar im Nebel liegt, ein letztes Lager aufschlägt. Der Narzisst kann keine konstruktive Beziehung zu einer anderen Person aufbauen. Da er kein Selbst hat, ist er auf kein Persönlichkeitsmerkmal festgelegt. Das gilt auch für seine Sexualität, obwohl er das sehr selten zugibt oder mit kruden Theorien zu erklären versucht. Das heißt nicht, dass er notwendigerweise ein schlechter Liebhaber wäre. Aber er ist unfähig, Intimität wahrzunehmen. Das Objekt seiner Lust ist ihm gleichgültig. Er spielt seine Rolle und erwartet als Gegenleistung Bewunderung und emotionale Kontrolle über sein Opfer. Eine narzisstische Gesellschaft mit ihrem unendlichen

Angebot an Identitäten und schwindenden Grenzen der Sitten und juristischen Einschränkungen ist auf dem besten Weg zu Ungeheuerlichkeiten jenseits aller Vorstellung. Ich habe jetzt verstanden, was dieser „Gipfel" ist, vor dessen „Bezwingung" wir unmittelbar stehen.

*

Der sogenannte Schlachtraum beschäftigt die Öffentlichkeit. *Richy's Bowling* hat keinen Keller. Im Grundbuchamt der Hauptstadt ist jedoch eine weitere Immobilie auf Kouseoglu eingetragen. Unter Nutzung ist der Begriff „Museum" vermerkt. Dieses war der Öffentlichkeit aber bisher noch nie zugänglich. Nachbarn berichten von einem Umbau im Inneren des Gebäudes. Mehr wissen sie nicht zu sagen. Es stellt sich die Frage, ob das Foto des Schlachtraums nicht auch ein Symbolbild war. Kühlkammern dieser Art finden sich im ländlichen Raum oft bei Viehzüchtern. Das Verstörende der Bildergalerie beruht auf ihrer unmittelbaren Nähe zur Realität. Hier will niemand provozieren. Das Verbrechen trägt die Maske der Alltäglichkeit. Der Bestialität sind keine Grenzen gesetzt. Aber nur der Eingeweihte kann sie überhaupt erkennen.

*

Heute wird meine letzte Begegnung mit Aya vor der geplanten Aktion sein. Wir sprechen zunächst über das Umfeld unserer Zielperson.

„Smolek ist psychologisch ein Grenzfall", erkläre ich. „Sie kann ihre Persönlichkeitsstörung mit Kreativität verbinden und hat damit künstlerischen Erfolg. Mehr kann ich ihr nicht vorwerfen."

„Das gilt auch für die *Cozy Bitches*", wirft Aya ein.

„Ja, aber die spielen gesellschaftlich in einer anderen Liga. Sie provozieren mit einer Perversion, an der sie tatsächlich gar nicht teil-

haben. Bei der Polizei sind sie wegen Prostitution und Drogenmiß-
brauchs bekannt. Mehr traue ich ihnen auch kaum zu."

„Und Reuben?" fragt Aya.

„Ein gelangweilter, sehr reicher Mann. Er ist hebephil und hält sich
aufgrund seines Vermögens und seiner Beziehungen für unangreifbar."

„Was bedeutet ,hebephil'?"

„Er bevorzugt sehr junge Frauen, die teilweise aus juristischer Sicht
noch im Kindesalter waren. Hinsichtlich ihrer biologischen Reife
waren es aber keine Kinder mehr. Außerdem hat ihm keiner der
Zeugen vor Gericht sadistische Neigungen nachgesagt."

Aya sah mich fragend an.

„Das Eigenartige an Reuben ist, dass niemand sagen kann, woher
sein Reichtum kommt. Er hat eine Ausbildung zum Informatiker
abgebrochen und ist über persönliche Beziehungen ins Bankge-
schäft gekommen. Außerdem soll er mit Immobilienspekulationen
Erfolg gehabt haben. Trotzdem läßt sich die Höhe seines Vermögen damit nicht erklären. Insider schätzen, dass sein Besitz in die
Milliarden geht. Nachvollziehbare Finanztransaktionen seiner Geschäfte ordnen ihn hingegen als zweistelligen Millionär ein."

„Du glaubst also nicht, dass Reuben zu Kouseoglus Zirkel gehört?"
fragt Aya.

„Nein, das halte ich für sehr unwahrscheinlich. Er ist im Grunde
genommen ein Einzelgänger, der genau weiß, was er will, sich aber
mit anderen Menschen und deren anders gearteten Neigungen
nicht gemeinmacht."

„Und was ist mit den Gebrüdern Harris?"

Ich dachte längere Zeit nach.

„Sie sind schwer einzuschätzen. Ich hätte mir gewünscht, dass die Behörden für Ryan Harris eine Vernehmung unter Eid erzwungen hätten. Wahrscheinlich wäre dann nicht nur die Verwendung des Codes geklärt worden, sondern auch weitere Zusammenhänge wären ans Licht gekommen."

„Ich halte es in diesem Fall für noch wahrscheinlicher, dass der Zeuge kurz vor der Vernehmung einem tragischen Unfall zum Opfer fallen würde", gibt Aya ironisch zu bedenken.

„Vielleicht soll die Codierung auch Geldwäsche, illegale Parteispenden oder den Konsum von Drogen decken", räume ich ein.

Aya lächelt mich an, so wie sie es immer macht, wenn sie mich insgeheim für naiv hält.

„Und dann ist da noch Richy Kouseoglu", sagte Aya. „Laß uns nochmals seine Fotogalerie durchgehen."

Das erste Bild zeigt Kouseoglu vor seinem Restaurant. Dieses ist als „familienfreundlich" klassifiziert. Im Eingangsbereich ist diesbezüglich ein offizielles Siegel eines gastronomischen Verbandes aufgehängt. Kindersitze stehen bereit, eine abgegrenzte Spielecke wurde eingerichtet, es gibt Mahlzeiten für unterschiedliche Altersgruppen, und auf Wunsch kann man Malstifte als Werbematerial mitnehmen.

„Ein sehr gewöhnlicher Mensch, würde ich sagen. Aber vielleicht entspricht dies jener Unauffälligkeit, die er sich wünscht."

„Mittelmäßige Intelligenz, etwas unterdurchschnittliche Körpergröße, extravertiert", meint Aya. „Für sein Alter durchaus noch attraktiv. Dass er nach dem Auffliegen des Skandals so selbstbewußt auftrat, hat mit seinem Wissen über die ‚ganz oben' zu tun. Sonst wäre er erledigt gewesen."

Wir kommen zu dem Bild vom Schlachtraum.

„Gibt es diesen Raum wirklich?" frage ich.

„In gewisser Weise ja. Aber er sieht völlig anders aus", antwortet Aya.

„Was sind das nur für Menschen?"

„Jene, die mit dem Schlachtraum zu tun haben, sind meist Sadisten. Du würdest dies im alltäglichen Umgang aber nicht bemerken. Sie sind perfekt an ihre gesellschaftliche Rolle angepaßt. Sie wissen, dass die meisten Mitmenschen ganz anders fühlen und tun sehr viel, um ihre gestörte Persönlichkeit zu kaschieren."

Wir kommen zu einem Foto einer lebensecht aussehenden Puppe mit blondem Haar. „Skandinavisches Baby" steht auf einem Schild und darunter zynisch in Klammern „Bitte nicht berühren". Am Zeh der Puppe hängt ein Zettel mit dem Preis: „$ 5.300". „Ist es nicht wert", lautet einer der Kommentare. Eine weitere Person merkt an: „Habt ihr schon einmal ein haitianisches Objekt ausprobiert?"

Dies ist eine Anspielung auf ein schweres Erdbeben auf der Karibikinsel vor mehreren Jahren und die dubiose Rolle von humanitären Organisationen, die für die Aufnahme von Waisenkindern warben.

„Diese Notiz kommt von unserer Zielperson", erklärt Aya.

„Kouseoglu hat die Anmerkung nicht selbstgemacht, sondern allenfalls freigeschaltet", sage ich nachdenklich.

„Ich weiß", antwortet Aya. „Er ist auch nicht unsere Zielperson. Gehe bitte fünf Bilder zurück. Da war sie zu sehen."

Das Foto zeigt die beiden Kegelbahnen und eine Gruppe vergnügter Erwachsener. Auf den ersten Blick sind die Personen alle Männer. Das Foto ist schlecht ausgeleuchtet. Erst bei genauem Hinsehen erkennt man im Hintergrund schattenhaft eine Frau in einem Sommerkleid mit einem Glas Sekt in der Hand.

„Ist das die Bienenkönigin, die all die Drohnen versorgt?" frage ich.

„Ja, so könnte man es formulieren, obwohl sie auch schon an der Entsorgung – wie man dies in diesen Kreisen bezeichnet - beteiligt war. Sie ist Mitte dreißig und arbeitete mehr als zehn Jahre für eine Wohltätigkeitsorganisation, die Waisenkinder weltweit aus Katastrophengebieten an inländische Adoptiveltern vermittelt. Das war ihr offizieller Beruf, und sie bekam für ihr soziales Engagement mehrere Ehrungen zuerkannt. Dann kamen ihr südamerikanische Behörden auf die Schliche. Sie hatte versucht, Kinder ohne Ausreisegenehmigungen außer Landes zu bringen. Eine Untersuchung brachte ans Licht, dass sie seit Jahren Urkunden gefälscht hatte und viele der Kinder gar keine Waisen waren. Oft hatte sie deren Eltern mit Erzählungen von der Aussicht auf ein besseres Leben ihrer Sprößlinge dazu gebracht, der Ausreise zuzustimmen. Sieben Monate saß sie in Venezuela in Haft, dann kaufte die Diplomatie sie frei. Die Wohltätigkeitsorganisation mußte sie verlassen. Aber sie ist bis zum heutigen Tag noch groß im Geschäft."

„Wie heißt sie?" will ich wissen.

„Das wirst du noch diese Woche aus der Zeitung erfahren", antwortet Aya beiläufig.

Sie macht Anstalten, sich zu verabschieden.

„Es ist Dein erster Einsatz. Du bist instruiert, und wir zählen auf Dich. Bist Du nervös?"

„Nein, nicht wirklich."

112

Sie lacht. Dann gibt sie mir einen Kuß auf den Mund und verschwindet durch die Tür.

*

Es ist mein letzter Abend in dieser Stadt. Ich bin auf dem Weg zu einer unaufdringlichen Bar, in der man schweigend Bier trinken oder etwas essen kann und sich niemand an mangelnder Geselligkeit stößt. Auf einer Parkbank sitzt eine ältere Frau mit ihrem Hund, die aus Ermangelung sozialer Kontakte eine ausgeprägte Gesprächsbereitschaft bereithält. Aya hatte für das Tier oft kleine Delikatessen in Futterdosen mitgebracht und sich so dessen Gunst erworben. Als es mich wahrnimmt, fängt es an, mit dem Schwanz zu wedeln und ist ganz aufgeregt. Ich beuge mich hinab und streichle es kurze Zeit. Es scheint meine Gedanken lesen zu können und will mir durchs Gesicht lecken. „Warte ein paar Stunden, dann bekommst du einmal einen richtigen Knochen." Ich schwöre, ich habe dem Hund diesen Satz nicht ins Ohr geflüstert. Er streckt sich und gähnt. Unter einem höflichen Vorwand verabschiede ich mich von der Alten und gehe meines Weges.

*

Nahe dem Pool des Nobelhotels ist ein kleiner Café-Bereich. Aya hat eine Sonnenbrille auf. Ich setze mich ohne zu fragen an ihren Tisch.

„Wie geht es Dir?" fragt sie.

Die schlichte Frage klingt einfühlend. Sie hat sich tatsächlich Sorgen um mich gemacht.

„Es ist alles in Ordnung", gebe ich zurück. „Ich weiß jetzt den prominenten Namen unserer Zielperson. Warum war sie ohne Personenschutz unterwegs?"

„Weil Personenschützer immer auch unerwünschte Zeugen sind, wenn man in schmutzige Geschäfte verwickelt ist. Wir haben das in der Vorbereitungsphase sehr genau geprüft. Hast du ein schlechtes Gewissen oder fühlst Du Dich schuldig?"

„Nein, überhaupt nicht. Es gibt Menschen, um die kann man nicht trauern. Aber da ist etwas anderes, das mir immer wieder durch den Kopf geht: War unser Projekt eine Art Lynchjustiz? Haben wir uns dafür hergegeben, jene Arbeit zu tun, die eigentlich Aufgabe eines Rechtsstaates gewesen wäre?"

„Nein, es war eine politische Tat", meint Aya mit ruhiger Stimme. „Einen Rechtsstaat gibt es nicht mehr. An die Stelle legitimierter Institutionen sind jene Lumpen getreten, die wir ins Visier genommen haben. Unser Schlag hat nicht nur eine verkommene Person getroffen, sondern einen Teil der herrschenden Eliten. Sie wissen, dass sie durchschaut sind und dass wir sie weiter jagen werden."

Ich bestelle einen Campari. Der Kellner ist auf Draht, und wenig später spüre ich den bitter-süßen Geschmack auf meiner Zunge.

„Darf ich Dir etwas Persönliches sagen, Paul?"

„Natürlich!"

„Du bist ein einfühlsamer Partner, mit dem ich gern zu tun hatte, aber als Psychologe spielst du in der Kategorie der Anlaufstellen für Kassenpatienten."

Ich fühle mich einerseits bestätigt, andererseits auf den Schlips getreten. Da war von Anfang an eine Asymmetrie in der Beziehung. Während sie als Führungsperson so gut wie alles über mich wußte, kannte ich ihre Vergangenheit fast gar nicht. Ich denke jedoch auch gar nicht daran, zu kontern.

„Wie kommst du darauf?" frage ich nach einer kurzen Pause.

„Während unserer monatelangen Zusammenarbeit hast du nicht bemerkt, dass ich Dich an der Hand führe. Ich war nicht nur aus organisatorischen Gründen an Deiner Seite. Meine Aufgabe bestand nicht nur darin, lokale Kontakte zu knüpfen, Sondierungen anzustellen und das Projekt zu koordinieren."

„Ich verstehe nicht, was du mit An-der-Hand-Führen meinst."

„Du hast in kurzer Zeit drei Bewußtseinsebenen durchlaufen."

Ich mußte kurz lachen, weil das doch etwas zu esoterisch klang. Dann nippte ich wieder an meinem Getränk.

„Bevor wir uns trafen, warst du ein gewöhnlicher Zeitgenosse. Wie die meisten anderen Menschen hattest du eine persönliche Überzeugung von unserer Gesellschaft und ihren Regeln und wurdest deren Erwartungen gerecht. Sicher, du wußtest, dass man sich hier und da auf ein paar Lügen einigen muß, damit das Zusammenleben friedlich verläuft. Im großen und ganzen bliebst du jedoch der Oberfläche – oder sollte ich besser sagen: der ‚Oberflächlichkeit'? - verhaftet. Das ist kein Vorwurf. Die Stabilität der Gesellschaft beruht darauf. Aber dann kamen unerwartet jene Umwälzungen, die auch in Dein Leben eingriffen. Du konntest nicht länger ignorieren, dass wir in vielerlei Hinsicht in einer Scheinwelt lebten. Das ist die zweite Ebene. Du konntest zunächst weiter Deiner Arbeit nachgehen und hast Dir nichts anmerken lassen. Aber da waren plötzlich Fragen, auf welche du keine ehrlichen Antworten bekamst. Das Unbehagen wurde spürbar. Die Dissonanz zwischen Realität und Anschein tat sich auf. Schließlich zerstörte Deine mangelhafte Bereitschaft zur Kollaboration mit den Machthabern Deine Existenz und du kamst in Kontakt mit uns."

„Du hast Recht, Aya, so kann man das rückblickend sehen. Aber was ich nicht verstehe ist: Was ist die dritte Ebene?"

„Die dritte Ebene ist die Wahrheit in einer fast unerträglichen Schonungslosigkeit. Wer sich je auf diesem Level bewegte, kann sich keine

Illusionen mehr machen. Die oberflächliche Scheinwelt, die auf der zweiten Ebene schon brüchig wurde, ist von jetzt an nur noch ein Trümmerfeld. Du hast weiterhin die Fähigkeit, Dich in ihr zu bewegen, aber Du wirst Sie ab jetzt nur noch als das wahrnehmen, was sie ist: Ein morbider Jahrmarkt mit schmierigen Schaustellern und einem leichtgläubigen Publikum. Es gibt nur wenige Menschen, die den Blick in den Abgrund wagten und mit ihrem Leben weiterhin zurechtkamen. Manche sind dem Irrsinn verfallen. Vielleicht kannst Du Dich noch daran erinnern, wie ich Dich wiederholt ermahnte, nicht so viel zu grübeln. Das sollte einerseits Deine Bodenhaftung bewahren, andererseits war ich gut über Deine Reifung und die Art, wie Du die Dinge verarbeitet hast, informiert. Du hast Dich bewährt!"

Aya kramt in ihrer Handtasche. Schließlich legt sie einen Umschlag auf den Tisch.

„Wir werden uns heute wahrscheinlich zum letzten Mal sehen. Jede Zelle wird nach einer Operation neu zusammengestellt. Hier ist Dein neuer Reisepaß. Er ist noch zweieinhalb Jahre gültig und enthält ein Touristenvisum für drei Monate. Ein Flugticket ist auch dabei. Ich hoffe, das Land gefällt Dir. Für mich war es immer ein kleines Paradies. Für Deine Finanzierung ist angemessen gesorgt."

Ich bin wie vor den Kopf gestoßen. Gerne hätte ich mit Aya noch mehr Zeit verbracht.

„Wird uns jetzt die Meute hetzen bis ans Ende der Welt?"

„Das glaube ich nicht", gibt Aya zu verstehen. „Wir hinterlassen keine Bekennerschreiben. Und wenn ein Mensch so viel Dreck am Stecken hat wie unsere Zielperson und hochrangige Prominenz auf die eine oder andere Weise mit darin verwickelt ist, dann kommt von oben wenig Druck, die Angelegenheit aufzuklären."

Aya gibt dem Kellner ein Zeichen und bezahlt unsere beiden Getränke.

„Ich soll Dir noch sagen, dass wir mit Deiner Arbeit sehr zufrieden sind. Erhole Dich gut! Wir werden Dich kontaktieren. Lebe wohl und passe auf Dich auf!"

Dann nimmt sie ihre Handtasche und verschwindet im Hotelbereich, ohne auch nur ein einziges Mal zurückzublicken.

*

Das früheste historische Geschehnis, an das ich mich erinnern kann, war ein Kniefall vor den schon zur damaligen Zeit privilegierten Opfern, und auch, wenn ich es damals noch nicht alles richtig verstand – ich war ein guter Junge gewesen. Bald darauf begannen die Kampagnen mit ihren erpresserischen Ansprüchen auf Wiedergutmachung – nicht nur bei uns, sondern auch im Ausland. Ich blieb weiterhin ein guter Junge. Die Selbstkasteiung erreichte ihren Höhepunkt, und das Ergebnis war ein architektonisches Monstrum – eine *ecclesia supra cloacam*. Aber ich blieb ein guter Junge. Dreimal besuchte ich Dissidenten, die für ihre Gedankenverbrechen zu mehrjährigen Haftstrafen verurteilt worden waren. Und ich blieb trotz allem ein guter Junge. Kurz darauf erlebte ich den Beginn der demographischen Vernichtung meiner Heimat aus einer politischen Laune heraus, und ich begriff das ganze Ausmaß der Heuchelei und Lüge in Politik und Medien, die Dekadenz der Eliten und die immer brutalere Repression gegen Oppositionelle. Jetzt, vor wenigen Tagen, habe ich aufgehört, ein guter Junge zu sein.

Zeitfracht Medien GmbH
Ferdinand-Jühlke-Straße 7
99095 Erfurt, Deutschland
produktsicherheit@kolibri360.de